Crianças do Abismo

Crianças do Abismo

Johann Heyss

KOTTER
EDITORIAL

Foto de capa: Johann Heyss
Foto do autor: Alessandro Andrade
Prefácio: Priscila Merizzio
Editora-adjunta e capa: Bárbara Tanaka
Editor-assistente: Francisco Rocha
Produção: Cristiane Nienkötter e Raul K. Souza
Projeto Gráfico: Fernando Ribeiro

Editor: Sálvio Nienkötter

Dados Internacionais de Catalogação na Publicação (CIP)
Andreia de Almeida CRB-8/7889

Heys, Johann
Crianças do abismo / Johann Heys. – Curitiba : Kotter Editorial, 2018.
132 p.

ISBN 978-85-68462-68-3

1. Literatura brasileira 2. Homossexuais - Ficção I. Título

18-0563 CDD B869

Texto adequado às novas regras do acordo ortográfico de 1990,
em vigor no Brasil desde 2009.

Feito o depósito legal

KOTTER EDITORIAL

Rua das Cerejeiras, 194
CEP: 82700-510 | Curitiba | PR
Tel. +55(41) 3585-5161
www.kotter.com.br | contato@kotter.com.br

1ª edição
2018

"Coisas estranhas e proibidas eu fiz
Mas apenas para seu prazer e seu amor"

(Asad Turabi)

Prefácio

Assim que as portas das catedrais dos outros mundos são abertas, é impossível escrutinar as arritmias cardíacas daqueles que ousaram repicar seus sinos. Não se perfila as vertigens. A Natureza contém sua ética, portanto, é inerente confrontar-se com seu mel e açoite. “Crianças do abismo” é um romance poético, com belíssimas imagens, metáforas e acirradamente bem escrito – fato estético que merece ser evidenciado diante da miscelânea literária contemporânea. O leitor projetará na confissão de Ricardo Takahashi seu próprio interpretativismo, entretanto, nota-se crucial tomá-lo como um rapaz que realmente existiu. Esta não é uma fábula. Há anônimos flutuando entre avenidas e transportes públicos sem que se suspeite que dentro de seus tórax engendra-se um coração de obsidiana flamejante. O protagonista é terno em sua persistente inocência, apesar da peçonha escorrendo a rebote. E a coragem estúpida de embebedar-se em abissais desertos nos cálices doirados, a despeito das hipérboles maniqueístas.

Priscila Merizzio é poeta.

1.
Algemado

Eu estava hipnotizado pelas paredes azuis descascadas da delegacia de polícia. As pequenas manchas da parede se revelaram a mim em uma epifania como coágulos na pintura, testemunhas remanescentes de momentos terrosos e acres. As paredes sussurravam memórias. A respiração dos tijolos.

O letargo da minha aura se afogava na minha inconsciência: eu não tinha noção do que representava naquele momento. Minha face interna exposta como uma laranja esbagaçada. Minhas vísceras espirituais à mostra. Papel-jornal, periódicos, noticiários. Quem diria: eu, injusto eu, servindo de entretenimento para mentes medianas, pessoas comuns, a normalidade, tudo que eu mais execrara em vida. A novela da verdade estava em todas as telas em tempos pré-*reality show*. Eu não queria nenhum papel nesse elenco, mas a tarefa me seguiu escura e clara, quente e fria, e seu legado foi uma tarifa a quitar. Teciam-se teorias sobre o que teria de fato ocorrido entre mim e ele: a inquisição a mim se encaminhava a passos de afundar pegadas.

Virei celebridade. Das páginas policiais.

"Agora é uma questão de capítulos", pensei, e achei a metáfora estranhíssima. Mas sim, sentia-me inexplicavelmente pronto para organizar minha vida em capítulos, como os de uma novela, roupa íntima na gaveta.

Vou avisando de antemão que a história é estranha, sem clímax exato e com desfecho patético.

"Se mete a fazer *magick* sem saber, dá nisso", gritava uma voz na minha mente. Ainda assim, não havia culpa ou arrependimento. Restava-me saborear cada passo em campo minado como o possível suspiro derradeiro — nenhuma sorte dura mesmo a vida toda. Se bem que, sendo assaz sincero, de vez em quando até creio ter sido poupado de sofrer muito mais caso tivesse persistido no caminho da matéria arquejante.

Perguntaram-me coisas, porém mantive a voz estoica: orgulhei-me de mim mesmo e essa pontinha de orgulho íntimo foi doravante meu combustível. Tinha de haver algum restolho que fosse de dignidade. A dignidade, esse nivelador de qualidades humanas até mesmo para um rapaz flagrado na situação em que eu fui flagrado — noticiado, comentado, condenado.

A Lei? Aquela, com letra maiúscula? Que nada. Os caminhos exibiam barreiras de pedras e troncos, não havia qualquer direção. Restava apreciar a perda. É peculiar a moldura da queda livre, Alto Abismo abaixo.

2.
Agora eu vejo a dor

Sozinho na minúscula cela, Jonas me veio à mente. Ele não sabia que eu me achava — me achei — capaz de manipular o potencial mágico do sexo. Jamais conversei sobre essas coisas com Jonas. Acho que ele engasgaria de rir se eu lhe dissesse que o ato sexual, sobretudo no clímax, pode gerar e de fato gera, inadvertida e involuntariamente, formas-pensamento que afetam a realidade de modo concreto. De nada adiantaria explicar que no momento do clímax a mente se desliga do corpo — essa é a própria essência do orgasmo em si — e que neste breve e infinito momento de desligamento a mente entra em contato com níveis deveras profundos de percepção e emoção. Esses sentimentos e impressões geram poderosas programações neurolinguísticas, ou seja, sugestões bem-sucedidas, ou seja, formas-pensamento. Ou seja, magia. *Magick*. Claro que a coisa não se resume a isso, mas é mais ou menos por aí que reza o pressuposto.

Jonas não se metia com esses assuntos, mas sua voz molhada já me avisara que certos tipos de sexo e de amor podem levar à loucura — sobretudo quando amor e sexo vêm combinados.

— Detesto esse papo de amor, sabe? — dizia ele. — Para mim é uma furada. Amor romântico, *pfff* — desfazia, desconfiado. — Nunca vi dar certo. Quem sabe até funcione no começo, mas no final? Sempre termina mal.

Era difícil levar a sério um iconoclasta nato como Jonas. Há um esquálido ponto de mutação entre sabedoria e loucura: Jonas era conhecido em certos meios como o mais louco dos *viados* brasileiros em Nova York, mas não era dele a culpa pelos roteiros de carne que eu persegui. Fui onde fui por livre e espontânea vontade, se a areia movediça me pegou, paciência, não cultivemos falsos dolos. Minhas péssimas decisões enquanto neófito em *magick* eram problema meu. Neófito metido a destemido desbravador é como uma foda casual: às vezes dá certo, às vezes não. No meu caso, não. E sem papinho de "o que é dar certo"! Sem relativizações vazias. Não se pode dizer que deu certo quando no final se perde *tudo*.

Era-me mais fácil esquecer a atmosfera úmida daquele cubículo da lei quando eu pensava na voz cantarolada e na cara arguciosa de Jonas me dizendo coisas hilárias. A pequena cela era um clarão de pesadelo, meu cérebro não a assimilava como parte da realidade. E assim comecei a ver Jonas na minha mente como se ele mesmo estivesse ali, em pessoa: meus olhos não filtravam a diferença entre lembrança e presença.

Comecei a achar que estava perdendo a linha de vez ao enxergar a realista imagem de Jonas sendo trocada pelo perfil de um homem velho e barbado. Percebi a seguir que a imagem que eu via transferia-se devagar do sexto chackra entre meus olhos para a parede da cela feita tela — como se uma projeção em 3D partisse franca e firme da fenda violeta entre meus olhos para a coagulada tela-parede. O mais estranho nem mesmo era a mera alucinação em si, mas a total ausência de relação entre a imagem de um velho barbado de perfil e a imagem de Jonas, cujas credenciais creio já ter delineado a contento.

Todavia me veio um voo e pensei em Kether, e assim as peças difusas se encaixaram em um balé fractal. Não obstante, o conceito de iluminação via sofrimento em nada me apetecia, não — eis algo que me horrorizava como grito ruim em manhã florida.

Olhos longamente fechados, tempo escorrendo por degraus de imprecisão, relógio sem números. Mas eis que lá continuava a imagem, inapagável. Algo no velho barbado crescera agora como se sua figura/ personalidade fosse uma emanação de mensagens a mim direcionadas. Não posso faltar com a verdade e alegar imbecilidade da minha parte para dissimular, fingir que não percebi de antemão o rumo da maré, a direção do vento, o ritmo das pausas. Ou será que eu deixei a coisa correr frouxa por intimamente desejar tamanha guirlanda de miséria? Quando a gente pensa que se conhece, que está íntimo de si mesmo, surge do nada uma jarra de Pandora esmaecida pelo tempo mas pujante o bastante para saltar na nossa cara como um canguru inesperado.

O enredo era assim: eu, Ricardo Takahashi, brasileiro, dezenove anos de idade, flagrado em um quarto de motel com um revólver recém-usado e um corpo morto, o do meu primo. Fim do século 20: 1986. Aguardem detalhes execrandos mais adiante — estou apenas começando. Adianto que a primeira benesse de minha recente condição de celebridade foi o benefício de ficar sozinho em uma (pequena) cela — afinal, a celebridade deprimente do momento ainda tinha muito que render: os flashes estavam apenas começando seu desenfreado espocar e não seria nada conveniente a celebridade *morrer* — ou algo assim.

Ainda não.

O quadro de horrores fora fotografado por especialistas que, em última instância, viriam a decidir o meu futuro com suas análises especializadas e suas gravatas mequetrefes: seus resultados, minha sentença. Eu, eu, eu, estrelando um filme tenso no divertido espetáculo de situações mórbidas. Sangue, a gentalha precisava do sangue de alguns em sacrifício. Qual a novidade? Sempre fora assim, assim sempre será.

Sangue no banheiro do quarto de motel — e não espere uma mulher na fase da lua vermelha.

Agora que sou uma nuvem, sei que alguns são pedras.

*****

Voltei ao presente numa piscada, e o cabelo verde e os trejeitos da voz de Jonas se apagaram da pesada tela para dar lugar à figura da minha mãe. Levou um tanto de tempo, precisar não sei, para conseguir assimilar que aquela não era mais uma contemplação projetada e transformada em imagem. Aquela era, sim, minha mãe em pessoa adentrando aquela cela úmida e escura como seu ventre, para dentro de onde eu desejei fulminantemente retornar.

A visão, ao invés de abrigar, causou-me a primeira injeção de lágrimas. Sua presença me acordou: fui puxado para trás sem querer despertar.

Ainda havia um pouco de sangue na minha mão, maculando minha pele fina: não me deram nem uma toalha, e eu tampouco pensei em ir ao banheiro lavar o rosto — como pensar nessas coisas na situação em que eu estava?

3.
Magick for kids

Escuta: esta é a história de uma magia que deu errado. Não importa se você não acredita em magia. Não é preciso acreditar na morte para morrer, isso eu garanto.

Nasci em São Paulo, mas sou praticamente carioca. Não o típico carioca. Minhas narinas nunca sorriram de felicidade para o ar da cidade — para elas, o Rio de Janeiro sempre fedeu a suor e sol. Era-me um ar pesado, que em nada combinava com a esfuziante florescência erótica prometida pelas agências de viagem nas quais eu tropeçava, múltiplas, em cada quarteirão de antigas maresias.

Assumo: nunca tive *physique du rôle* para morar em um lugar onde é preciso ser bronzeado para merecer bom dia, boa tarde e boa noite despojados de pena ou desprezo. Creia, no abafado balneário havia esse código entranhado nas pessoas: pele sem bronze era atestado de doença, intelectualidade ou desgraça ainda mais culminante. E como se a Ásia que me vinha impressa na cara não implicasse suficiente desencaixe, eu ainda por cima execrava o calor. Chances de desenvolver o gosto por tostar à flamejante estrela, eu não via nenhuma. Aquilo me causava sofrimento físico, não tinha por onde eu me adequar. Era como se eu tivesse na testa uma marca invisível para mim, mas que todos viam tão logo me pousavam os olhos — e assim era sempre eu a ponta mais peculiar e deslocada de qualquer ambiente. Meu ódio por esportes era o adicional, como se precisasse. E o último prego no caixão da derrota social juvenil de um jovem residente da Cidade Maravilhosa era o meu horror a samba e Carnaval. Era a década de 80 do século 20, "*nerd*" era só insulto, mas pelo menos era uma tribo. Infelizmente, esse tambor eu também não batia: não seria eu o *expert* em computadores, tecnologia, videogames. Sim, eu gostava de tecnologia tanto quanto gostava de tudo que me desembaraçasse a vida. Ah, mas videogames eu detestava bem como desprezava todo e qualquer jogo — jamais vi sentido em jogar com nada além da própria vida. Fator que, a propósito, com certeza teve peso nevrálgico no destino que eu, sem saber desenhar, tracei no meu mapa do futuro.

A escola era um eterno trem fantasma realista que eu sofria calado: a compostura que ninguém me tiraria jamais. Ah, o poder da indiferença, ainda que fingida! Ninguém aguenta ser ignorado. Essa vitória não me tomam. Eu fingia que ignorava muito bem. Recordo ainda os semblantes das crianças demoníacas, seus olhos ferozes e faiscantes de animosidade que me arremessavam com veemência só conhecida por quem não integra o exército mediano de clichês ambulantes, essa raça da qual faço parte sem nela me inserir, essa raça que devora as rochas e suga as seivas do planeta a passos microscópicos e galopantes. Eu não compartilhava meu segredo, aqueles navios não me adentravam o corpo e não me invadiam a mente, e quanto mais as pessoas-crianças percebiam isso em mim, mais me bordavam nas teias do seu ódio. Quase me vinha a pena das outras crianças se parava para pensar (o que eu nunca fazia): eram como macacos histéricos que reagiam do jeito mais símio possível a qualquer coisa que fugisse ao previsto, e o espaço de previsão mediano é tão estreito, tão restrito, tão afunilado que minha gorda mente entalava.

Meus pais não percebiam nem a terça parte de nada disso. Tecnicamente eram perfeitos, sendo essa sua maior imperfeição. Combinavam no meticuloso asseio físico e psíquico; impermeavelmente claros e definidos. Inteligentes, comedidamente sorridentes, máquinas exímias, tecnologia japonesa. Como vieram a gerar algo tão impolido como eu? De tão esterilizados que eram em sua uniformidade de ângulos confortáveis, nem mesmo transpareciam suas profissões: ela, médica homeopata; ele, advogado criminalista. Viviam ocupados, daí as babás — o resto da família de ambas as partes morava na Liberdade, em São Paulo. Meus pais sempre me pareceram esmerados demais para serem reais, o que construiu uma não-ponte de distância entre nós. Um redemoinho quieto e contínuo sob a placidez de um lago: esta era a lei de correspondência sob minha perspectiva. Eu já sabia; desde os cinco anos de idade costumava olhar para o céu e nada via além das nuvens.

Havia um vazio tão abismal em mim, um vácuo ancestral de visões e sonhos. Eu era um desses infelizes que só se iluminam com o sol todo de uma vez, o que pode parecer contradição à luz da minha já citada aversão ao calor, mas é que me refiro ao Sol como símbolo, não como existência concreta de altíssima temperatura. Pessoas assim podem ser chamadas de Pequeno Amanhecer, pois constroem sua própria luz. Para manufaturar luz etérea, precisam absorver cada pedaço de escuridão e fazer a conversão. Era tamanho breu esse abismo, essa floresta negra em meus pulmões... Eu precisava caminhar alto e largo para a superfície para poder respirar, como golfinhos das profundezas. Os pulmões cheios de ar para explorar o mundo subaquático.

Apavoravam-me grandes altitudes. Escalara, sim, degraus mefistofélicos (uma vez ou duas), mas toda vez era aquilo, eu me dava conta e lá estava eu, agarrado ao corrimão e observando as cidades abaixo como brinquedos, a boca semi-aberta sem babar. Ao perceber a altura, vinha a anti-convulsão que me paralisava como ratinho de laboratório. Odiava isso tudo, era um filme ruim que insistia em aparecer de novo e novamente no cinema da minha mente. A minha vontade era correr léguas velozes, mas algo em mim fazia me chover sobre os sonhos a nuvem de culpa que inundava meus sonhos sem vocação para arroz. Essas montanhas de medo sempre me tiram do trem quando viajo em velocidade mitológica.

Consigo esticar a memória até uma nebulosa visão por volta dos dois anos de idade. Havia já a sombra, figura principal a coroar o triângulo que também continha meu pai e minha mãe: a figura das babás. Minha mãe não permitia que a mesma babá se demorasse na função, sempre arrumava um defeito que supostamente justificasse a troca. Imagino que tivesse ciência das implicações psicológicas em mim desse rodízio de babás, mas hoje compreendo seu terror e impotência perante a idéia de eu me afeiçoar mais a alguma babá do que a ela — esta situação era a rachadura que minava sua perfeição maquinal e mostrava nela aquele ser essencial que passa, sem pudor e salivando, por cima de toda ética e princípios, defendendo em leonina cegueira o afeto do seu filhote — mesmo em detrimento deste, egoístas que são as mães quando se trata de manter, cultivar e garantir o afeto da prole. É. Pena ter sido só esse o escape que ela se aceitou — isto é, sem contar quando ela me visitou na delegacia. Momentos assim nunca contam, não é? Não há máscara que resista a uma tragédia exposta em carne viva, não há farsa que suporte uma fratura exposta, o grito é certo, o urro rasga. E no caso da minha mãe, um mero afago era raro como o mais sentido abraço de despedida. Ela e seu marido eram sombras, seus verdadeiros eus jaziam escondidos, não-falecidos, detrás de marmóreas lápides.

Daí que era como se eu fosse filho de uma sombra. E o filho de uma sombra é sempre um corpo celeste. Prazer, tudo bem com você?

Pode ser que isto explique minha comunicação fluente com indivíduos, inversamente proporcional ao enguiço que me brota em situações sociais. Eu emanava uma limpidez de potenciais que amenamente chamava sanguessugas astrais que eram como fantasmas à minha volta, drenando minha mente ondas além do limbo das conchas. Nascia-me o terror, o qual hoje em dia encaro como fato comum, da vida ordinária, parte menor do jogo, favas contadas. Até porque eu sabia que podia pular fora desse barco na última hora, largando a lenda e deixando um rastro de frustração e eco reverso.

*****

Posso dizer que ocorreu bem cedo meu primeiro contato com o que vamos chamar de magia — o termo tecnicamente correto seria *magick.*

Pedro. Sem ele eu não teria seguido por essa alameda ladeada por pássaros absurdos. Já disse que não trataremos de culpas. Nunca foi do meu feitio transferir meus meandros e purgatórios, insisto em ressaltar. A língua portuguesa é uma adorável moralista, essa danada. Ela é como nossa avó azeda de véu na cabeça, ajoelhada na igreja pedindo perdão por atos inconfessos do arco da velha que nem deus sabe. Eu não quero moralismos aqui, se quisesse, não estaria contando essa história tão carente de moral e ética, e tão específica em sua estética.

Pedro e eu estávamos ambos com dez anos de idade quando ele e os pais mudaram-se para o prédio onde eu morava desde os dois anos com os meus em Copacabana, no Bairro Peixoto. Também era filho único. Até então não havia muitos pequenos no edifício antigo, daqueles de pé-direito estonteante e quartos com espaço de sobra para o ar, os pensamentos e as divagações. Até então eu era o mais velho dentre os muito novos — não havia adolescentes. E aí surgiu Pedro, suave como um boi indômito.

Minha morada ainda era o concreto da pele. Costumava posicionar-me à distância como estratégia de sucção de olhares atenciosos. Procurava despertar para meu remoto universo — coberto por indiferença — a curiosidade das pessoas que me interessavam, valendo-me de serpentil hipnose, fingindo-me de indiferente. Já Pedro usava seu senso de humor indicativo e anguloso para arrestar atenções.

Não deu uma semana e a briga floresceu entre nós como girassóis em campo de lava leve. Teve soco e até mordida, mas ninguém se feriu para valer. Pedro era maior, mas eu tinha mais raiva. Não sabíamos a razão de brigarmos.

Duas semanas se foram sem que trocássemos palavra. Os inevitáveis encontros casuais nas dependências comuns do edifício eram anestesiados pelo mútuo fingimento de moleques em total rixa. Até aquele dia do elevador, esse templo de constrangimentos. Eu já estava no compartimento móvel quando ele adentrou feito cachorro repentino.

— Que tal a gente esquecer essa briga? — perguntou de súbito. — A gente podia fazer amizade.

Encarei-o sem responder, embaralhado em meu próprio orgulho e desconfiado que alguma piadinha se faria à minha custa. Mas ele persistiu.

— *Cê* não acha melhor? É besteira ficar nessa de briga - ele disse.

Acabei rindo e concordando. Era uma cena canhestra e canastrona que definia a personalidade do meu amigo. Como se não tivesse sido *ele* quem começou a provocação. Como se não fosse *ele* o invasor, o novato insolente.

O elevador chegou ao térreo.

Pedro saiu do elevador de fundos e segurou a porta para eu passar.

Eu disse:

— Tá certo. Amigos, então.

Pedro me estendeu a mão. Eu apertei. Ele olhou para os lados e me perguntou à meia-voz:

— Topa fazer um pacto? — ele deu um sorriso maníaco.

— Pacto? Como assim, pacto? — perguntei, sem saber se me alarmava ou dava risada.

— A gente tem que fazer um pacto de amizade.

— Ah, a gente tem, é? — Dei uma risada, começando a achar que aquele garoto era inapelavelmente tantã. — Tô indo pegar minha bicicleta — eu disse, tentando dispensar o papo e já caminhando em direção à garagem, onde ficavam acorrentadas as bicicletas dos moradores.

— Escuta — Pedro me segurou pelo braço, insistente.

Soltei um suspiro enfastiado e voltei-me para ele.

— Tá. Fala.

— A gente precisa fazer um pacto de amizade porque eu sou do tipo que tenho que ser líder do meu território, e notei que você também é assim, só que de um jeito mais *devagar*, sacou?

— Devagar? — reverberei, incrédulo em minha vetusta infantilidade.

— Isso. *Cê* é mais devagar. Daí que seria mais esperto a gente colaborar um com o outro. Não é não, diz aí? Parar com esse negócio de ficar gastando energia, brigando à toa. Eu não vou dar o braço a torcer, você também não vai. É ou não é?

A seriedade de seu cinismo leviano era como uma manchete verde em meio a notícias insossas. Agia como um desenho animado ambulante, quimérico como quem fala com fadas. Era astuto demais para um menino; usava palavras rebuscadas, qual adulto estaria a emular?

— Então, vamos fazer o pacto?

Reconheço que a coisa até que estava começando a ficar um tanto divertida. Não dava para resistir àquela loucura tão honesta e aberta. O inusitado fermentava o gosto pelos contrários que brotou dos cantos de sereia que eram a trilha sonora da minha célula familiar. Ah, quantas promessas vãs naqueles abraços imaginários. Quantas intenções inacessíveis.

— De repente, pode ser — eu concedi, involuntariamente arrancando de Pedro um sorriso luzente. — Que é que a gente tem que fazer?

— Cada um vai ter que fazer um corte na mão — ele disse, e eu não pude conter o encolhimento dos meus ombros preocupados. Ele percebeu, abstraiu e continuou. — E aí a gente mistura os nossos sangues pra gente ficar com o sangue um do outro correndo nas nossas veias, sacou? Simbolizando irmandade eterna.

Misturar sangue não era nada, o problema era furar a pele. A idéia de sentir qualquer tipo de dor não me atraía coisa nenhuma, mas macho fraco não gosta de ser chamado de covarde, isso eu já tinha idade para saber.

A mãe de Pedro também estava no trabalho, como a minha. E ele também tinha em casa uma serviçal, como era de praxe em qualquer casa de família de classe média decente. Chamava-se Maria, como tantas outras Marias anatematizadas pelo nome — sempre execrei a idéia de sagração através da mortificação, bem como a estrita falta de *sex-appeal* que o nome evoca. Como se trepa com uma mulher chamada Maria? Nunca entendi. Seria o mesmo que ir para a cama com um cara chamado Jesus, não dá. Sem querer entrar ainda neste assunto, Jesus, mas é que mesmo agora, em meu presente estado de mente não-corpórea, eu já comecei a perceber estas molduras por outro ângulo, um ângulo sem ereções, pois meus colóquios com o *meu* verdadeiro Jesus são afiados e espertos: eu o chamaria de um camarada sem corpo. Nada do maçante masoquista, não: Jesus não me visita como crêem ou fingem crer os religiosos apodrecidos. Há Nele um Eterno e Santo Desgosto, isso eu digo.

Soubesse eu antes que nada pode com os descerebrados que crêem na mentira... Será que algo me será poupado? Será que adiantaria alguma coisa? Mas se for este o parâmetro, o resultado de minhas ações provou que saber das coisas jamais fora o meu forte.

Maria não me pareceu prestar muita atenção naquele moleque que se comportava como um demônio da floresta, ou em mim. Não obstante, Pedro trancou a porta do quarto, gesto que me causou surpresa e teve o poder de incendiar meu entusiasmo: a liberdade de ter tranca no quarto sendo ainda uma criança. Será que os pais sabiam que ele se dava essa liberdade, a liberdade de se trancar?

Pedro abriu uma gaveta do armário, pegou um pequeno canivete, uma vareta de incenso e um livro. Após acender o incenso e encaixá-lo no incensário que estava na mesinha de cabeceira ao lado a cama, abriu o livro.

— Eu não entendo muito bem esse livro — começou, em um arroubo de sinceridade —, mas esse livro é um livro muito sagrado e importante. Meu pai disse.

Hmmm. A confirmação paternal.

— O nome é *O Livro da Lei*. Bom, esse livro vai ser nossa testemunha e servir de confirmação do nosso pacto.

Lembrei de um filme que assisti na televisão, daqueles de tribunal, no qual usavam a Bíblia como testemunha e achei tudo um tanto parecido.

Pedro emanava solenidade infantil, e seu cabelo negro e liso o tornava quase um negativo de mim banhado em bronze. Sim, só então percebi que havia uma semelhança de traços. Os olhos dele eram deslizados como os olhos dos povos amazonenses.

O fato de uma criança de dez anos ter interesse por e acesso à leitura de livros sobre mitologia e magia era algo entre histriônico e inquietante, descontado o fato de ele obviamente não entender nem a terça parte do que estava escrito. Aleister Crowley não era exatamente leitura para crianças, talvez nem mesmo para as Crianças do Novo Éon, enamoradas do abismo e do vão entre o tempo e o cérebro.

Tirou a camisa e me disse para fazer o mesmo. Eu tirei. Ele pôs-se então a executar um troço que chamou de Ritual do Pentagrama.

— Meu pai disse pra fazer este ritual todo dia.

Ele era tão emocionalmente enleado ao pai que minha curiosidade estreou uma série de contorções: quem seria aquele Pai Herói? A transparência amorfa do meu próprio pai jamais me permitiria desenvolver tamanho culto.

Entendi que o ritual não era simples o bastante para uma criança aprender sozinha, por mais talento que Pedro tivesse para filosofia e letras. Tratava-se de uma criança de *dez* anos, e ninguém tivera o bom senso de nos avisar que já estávamos molhando as patinhas de bestas-feras encantadas, chafurdando alegremente no luminoso pantanal do Novo Éon: éramos crianças pulando corda na beira do abismo alegremente, sem preocupação ou pânico, certos da velocidade da luz, confiantes na estabilidade do chão de vento.

Havia palavras estranhas no ritual, palavras que soariam genuinamente satânicas e perversas a ouvidos desavisados. Consultando outro livro, Pedro conduziu-me a visualizar quatro estrelas de cinco pontas ardendo ao meu redor. Aludiu-me também a "sentir" outra estrela, esta de seis pontas, morando em mim. As palavras estranhas de pronúncia inusitada, repeti todas. Quem está na chuva é para se molhar.

Então ele estendeu a mão e me instruiu a fazer um corte em seu polegar. Titubeei, mas ele voltou a pedir, agora com inflexões na voz e na sobrancelha. Então cortei. Pedro apertou os olhos na hora do corte, mas não gemeu nem reclamou. Ele pegou a minha mão antes que minhas pupilas decodificassem o gesto, fez um corte no meu polegar e esfregou seu corte aberto no meu, misturando efetivamente nossos sangues.

Ele disse:

— Somos irmãos —, e me olhou como quem esperava que eu fizesse o mesmo, repetisse a mesma afirmação.

Não me ocorreu: foi um lapso de tempo sem desenho ou traço. Sem tréguas ou rédeas ou redes, Pedro me mandou repetir.

— Sim, somos irmãos — repeti por fim.

Ele me abraçou e eu levei ainda alguns segundos para corresponder ao abraço. Mas depois o fiz com sinceridade, como irmãos até. Sei lá o que era isso, ter um irmão.

Desfeito o abraço, Pedro começou a me falar dos pais como Emília contando a Pedrinho e Narizinho sobre o mundo das fadas. O pai, comentarista econômico da *Folha de São Paulo*, era filho de imigrantes judeus. Nascera em Campo Grande, Mato Grosso, onde confessara ao filho sentir-se como "um livro em um açougue". A mãe, Iara, também era jornalista. Vinham dela os traços indígenas de Pedro. Ela tinha um jeito prestímano sofreado e personalidade silenciosamente potente.

— Posso te perguntar uma coisa? — pedi entre incrédulo e invejoso, mas já fui perguntando antes que ele consentisse. — Como é que você sabe desses detalhes todos, dessas palavras todas? Aposto que decorou tudinho.

Pedro jogou com um orgulho elegante, respondendo que seu pai já tinha lhe contado aquela história diversas vezes.

— Além do que — completou —, tudo que a gente sabe é decorado, ué.

Touché.

O que isso teria a ver com a história que estou contando aqui? Com a história na qual eu sou flagrado dentro de um motel com uma arma e um corpo morto, o do meu primo? Numa porra de um motel! Eu sei que o que as pessoas querem é saber logo da baixaria, mas eu já disse que é preciso ter calma. Quem quer tudo na pressa, que ligue a televisão e assista uma novela, meu bem. Aqui é livro, são palavras, e é preciso desfiar o novelo com a ajuda dos olhos leitores. Confia: não é enrolação, pelo contrário, é para desenrolar e desfiar tudo. O fato é que o ritual bizarro e ridículo que acabei de descrever foi a gênese de toda a desgraça na qual me meti e reverberei: meu primo, minha tia. Ah, nem vou falar mais disso agora, sabe? Vamos no trotar da madrugada, que essa manhã é pura solércia, como um arranhão de rato quando o sol rasga o horizonte com sua ereção de infernos em chamas.

Pedro e eu viramos melhores amigos, daí que foi péssimo quando os pais dele se separaram. Ele teve de mudar de Copacabana com a mãe, não que *ele* quisesse sair do bairro, muito pelo contrário. Isso gerou atritos agudos entre mãe e filho. Iara, dizendo precisar de mais proximidade com a natureza, escolheu comprar sua casa nova de recém-separada em Itacoatiara, bairro praiano residencial bucólico em Niterói com entrada e saída afuniladas em uma só via. A outra extremidade do bairro dava para o mar aberto entre duas grandes rochas. Todas as ruas tinham nomes de flores e o ar pesava de tanta clorofila. Eu e Pedro tínhamos então doze anos de idade — eu leonino, ele virginiano, nossos aniversários eram vizinhos.

Estávamos em 1980.

4. Uma sensação de cardume

Escuta bem: essa é a história de uma magia que deu certo até demais. Consegui exatamente o que queria, porém *não sabia* exatamente o que queria, portanto, não sabia o que conseguir. Até que passei a saber da maneira mais indiscutível. Sim, já fora avisado que Verdadeira Vontade é um conceito desassociado de desejos pessoais, veleidades, meros quereres. E avisar adianta? Já adiantou? Se aviso adiantasse, a humanidade não continuaria repetindo erros em *loop* espiral.

Pedro e eu seguíamos amigos como nunca. Ele: sempre aprendendo diferentes técnicas e tradições de magia, mas mantendo-se nas beiras e bordas, a despeito de toda a pirotecnia em seu discurso. O humor de Pedro era inabalável, nunca fora de se aprofundar muito. O sorumbático abissal da dupla era eu. Nossos contrastes funcionavam bem. A distância entre Rio e Niterói, em vez de nos afastar, acabou nos aproximando mais ainda nos fins de semana. Era comum um dormir na casa do outro. E assim estabeleceu-se certo contubérnio entre mim e Niterói, cidadezinha metida a besta mas qualificada do outro lado da Baía de Guanabara. Pitoresca e provinciana, para muitos cidade-dormitório. O bairro mais emblemático, Icaraí, a uns quarenta minutos de ônibus de Itacoatiara — trajeto cotidiano de Pedro, que estudava no bairro —, parecia uma espécie de Leblon *Made in Tijuca*.

Minhas habilidades sociais, parcas como o último cacto da galáxia, não me ajudavam a conquistar garotas. Este era outro contraste entre mim e Pedro, que costumava conquistar as meninas mais "atiradas", como eram chamadas por línguas frígidas e ínvidas. Pouco menos de um ano antes de eu fazer sexo pela primeira vez com alguém que não fosse a minha mão, Pedro me veio com uma conversa excêntrica.

— Ricardo, vou te perguntar uma coisa, mas não quero que você me leve a mal — ele disse, cheio de dedos.

Estranhei. Pedro não era de pisar em ovos.

— Pode perguntar, ué.

— É que... — hesitou.

Estávamos fumando um baseado em uma pedra na praia de Itacoatiara, de frente para o mar aberto. O titubeio de Pedro me pulsou mal. Peguei o baseado que estava com ele, traguei profundo e devolvi, perguntando enquanto soltava a fumaça:

— O quê que é, caralho? Desembucha, porra!

Pedro tragou, prendeu a fumaça e a soltou tossindo.

— Eu quero dizer primeiro que, seja qual for a sua resposta, por mim tudo bem. Sério mesmo.

— Cara, faz a merda da pergunta de uma vez que eu já tô ficando irritado.

— Bom... você é viado?

Desacreditei no que estava ouvindo. Puxei o baseado da mão dele com impaciência. Ele estava afobado.

— Ricardo, não tem problema. Aliás, não me interessa, não é da minha conta.

— Claro que interessa — respondi, baixando o tom. — Somos amigos, ué.

Dei mais um trago e devolvi-lhe o baseado. Provavelmente por causa do fumo, fiquei mais calmo. Respondi com mais vagar.

— É normal a sua pergunta — continuei. — Você vive pegando as garotas por aí. Maior garanhão.

Ri. Ele também riu.

— Não, eu não sou viado.

Tive certeza de ler certo alívio na cara de Pedro.

— Pelo menos nunca transei com homem nenhum — continuei, sem faltar com a verdade. — E nem tive vontade até hoje — menti enfim, humano e animalesco.

— Quer dizer que você é só virgem mesmo? — Pedro deu mais um trago.

Uma meia-verdade é uma mentira inteira, não é mesmo? Mas preferi mentir a explicar o que não entendia. O que eu sabia é que ambos os sexos me excitavam, ambos me assolavam todas as fantasias, me aguavam a boca e os sentidos as mais inusitadas quimeras eróticas. Não sabia se isso fazia de mim bissexual mais do que *sexual*. Rótulos, que antipatia. Por enquanto os fatos eram: eu era uma pessoa sexual e virgem em plena amalgamação de precária opulência.

A virgindade, perdi com uma puta aos quinze anos. Foi uma experiência bonita, ao contrário do esperado mecanicismo ardido e culpado. Descobri quase por acaso no subsolo do Shopping Copacabana uma sauna, ou melhor, *termas* — nome que indicava um estabelecimento heterossexual, eu já sabia, era leitor ávido de revistas pornô com relatos, tipo *Private*. Foi tudo muito simples e singelo, entrei e lá estavam disponíveis três putas em uma espécie de barzinho ao qual fui conduzido depois de deixar a roupa em um armário, calçar chinelos de borracha e me enrolar em uma toalha. A puta de aparência mais jovial avançou discretamente em mim — depois me confessou que o fizera por farejar minha virgindade.

— Eu tenho uma tara, sabe — disse Mariana, dando risadinhas, após terminado seu ofício. — Adoro tirar o cabaço de garotos novinhos. — Ela deu um sorriso sacana.

— Cabaço... — eu repeti, brincando descontraído. Estava me sentindo bem com o sucesso da minha primeira foda. Eu era um macho. Ah, eu que me achava imune a essas babaquices, mas quando via, lá estavam elas raiando de nossas bocas e pontas dos dedos.

— Você entendeu — ela disse.

— Mas o que têm de especial os novinhos? — eu quis saber.

Estávamos deitados na cama redonda de uma das cabines/quartos do estabelecimento. Ela passou a mão no meu corpo nu, do peito até o saco, e parou a mão sobre meu pinto mole pós-transa.

— A pele lisinha — ela disse com um sorriso. — É que os novinhos me deixam ficar no comando — completou, lânguida e mortiça. Mas então fechou a cara, súbita. — A maioria dos clientes é tudo escroto, sabe?

— Eu imagino. — Eu achava que imaginava.

Mariana era morena de lábios grossos e cabelos crespos longos. Lembrava um pouco a Sonia Braga. Eu sempre tive um tesão colossal na Sonia Braga, porque a Sonia Braga me parecia ter senso de humor. Ela não me parecia acreditar na farsa da fama, parecia brincar com a farsa da fama. E quando eu fiquei famoso, ainda que por razões radicalmente diferentes das dela, como já sabemos, quando eu fiquei famoso entendi que a fama é um estupro, ainda que os níveis e os tipos de estupro possam variar bastante. Mas ainda assim, estupro é sempre estupro: não existe estupro consentido. Engraçado como as dobradiças da minha mente registravam conexões entre o sexo homem/mulher e estupro.

Mariana dizia ter dezenove anos, mas a mim pareceu menos. Ela negou, nervosa. Senti nela uma ternura tão grande que me deu vontade de voltar à sauna. Ainda bem que, mesmo tendo só quinze anos, e graças às minhas leituras, eu já estava ciente que cliente que se apaixona por prostituta pede derrapada na certa.

Contei essa história para Pedro e foi quase palpável seu alívio.

Eu tinha gostado de transar. Foi bom sentir meu pinto agasalhado dentro daquele envelope úmido de carne — apesar de embalado em camisinha. Foi ótimo sentir aqueles lábios grossos me engolindo. Foi incrível me deixar guiar por aquela menina nas solércias do corpo. Eu quase me esqueci que estava pagando, que cilada. Porém conquistar meninas para transar de graça era muito, bastante chato. Era preciso todo um papo, um engajamento que me desanimava de antemão. E eu não queria namorar ninguém, não estava apaixonado por ninguém. O que aliás quase me preocupava: todo mundo se apaixonava, namorava, menos eu. Isso me apavorava um pouco quando eu parava para pensar: meu medo era ficar que nem meus pais. Eles eram tão desapaixonados como um todo que só fazia sentido mesmo terem se casado. Mas eu, eu não via sentido no enredo que eles se traçaram. Eu gostava de sexo, gostava de me fazer gozar com a mão, e gostei de transar com a Mariana, apesar de saber que não devia repetir a experiência. Queria sexo, mas queria que o sexo me viesse espontaneamente, como o ar que eu respirava, de graça. Senti-me feminino abruptamente ao me dar conta que tinha em mim os instintos que se esperavam de uma mulher, o instinto de ser cortejada e conquistada, a imposição de jamais poder tomar a iniciativa. Eu *podia* tomar a iniciativa, mas não me apetecia. Queria apenas que as coisas fluíssem. Eu ainda era suficientemente jovem para contar com o fluxo natural das coisas como se ele sempre viesse me beijar as pálpebras e os lóbulos com doçura de amante.

Passei pelos dezesseis anos de idade sem nada diferente acontecer. Uma mesmice repulsiva. A previsibilidade e o tédio eram ensurdecedores. Meus pais não reparavam em nada. Acho que a amostra de afetividade que minha mãe guardava em algum ponto de seu coração minimalista era totalmente direcionada aos seus pacientes — nas poucas vezes em que por algum motivo estive em seu consultório, ouvi confetes arrebatados. As pessoas a tinham mais como uma espécie de guru do que como uma médica — mas não esqueçamos que ela era *homeopata*. Meu pai, então, coitado... às vezes acho que sua verdadeira vocação era para papel de parede. Não conseguia imaginá-lo atuando como advogado criminalista, e ele jamais permitira que eu acompanhasse nenhum julgamento. Enigmas, enigmas, eu era filho de enigmas — talvez isso explicasse a sanha de jogar a merda no ventilador, a sede por qualquer acontecimento dramático, feliz ou desgraçado, que me despertasse daquele torpor, daquela câimbra, daquela dormência.

*****

Em janeiro de 1985 eu tinha dezessete anos de idade.

Fui traspassado por uma sensação de cardume quando me caiu em mãos um livro chamado *A Rosacruz no Brasil*. Caiu mesmo: eu estava em um sebo no centro da cidade a conferir as velhas novidades e, puxando um livro de uma pilha, desequilibrei outra ao lado, e um dos livros caiu-me bem na mão esquerda. Era um estudo sobre as diferentes ramificações do movimento rosacruciano.

Estava eu lendo o livro no ônibus de volta para casa quando uma mulher de meia-idade excessivamente simpática sentou-se ao meu lado e cometeu a falta de educação de puxar assunto.

— Desculpe interromper sua leitura — ela disse, mostrando os dentes manchados de nicotina.

Como, eu não sei, mas de súbito me senti estranhamente receptivo. Aqueles dentes amarelados me despertaram uma insurrecta simpatia.

— Eu reparei no livro que você está lendo — ela continuou.

— Ah — eu disse, ainda sem ânimo ou faísca verbal, semi-receptividades à parte.

— Você conhece a Ordem Rosacruz Egípcia?

— Oi?

O ônibus, que vinha de Botafogo, terminou de atravessar o túnel e chegamos a Copacabana. Cinco pontos à frente eu descia.

— Meu nome é Lucia, e o seu?

— Ricardo.

Lucia tinha uma atmosfera de melhor amiga da minha tia ocidental imaginária — minha família era resolutamente nipônica, sem interações que eu soubesse, por isso eu gostava de criar parentes imaginários em vez de amigos imaginários. Cada um com seus problemas.

O cabelo louro pastel acinzentado, as unhas que gritavam vermelho e a maquiagem ligeiramente egípcia nos olhos descombinavam entre si, gerando resultado vagamente inesperado. Após dar-me um panfleto da ordem esotérica à qual pertencia, a mulher pegou um cigarro e acendeu. Eu ainda estava na fase em que meus poros dilatavam de ódio de gente que fuma em ônibus, mas o motorista e o trocador também estavam fumando. O século 20 nunca foi para moloides, veja bem.

Da janela do ônibus vi o sol morrer vagaroso, sugado e digerido pelas águas do mar. Por que o mar escurecia após engolir o sol? Não fazia sentido.

Lucia convidou-me para acompanhá-la até a Loja. Que loja?

— Não é nenhum tipo de comércio, não, viu? Loja, com L maiúsculo, é um nome tradicional que se dá à sede da ordem. A Loja é dividida em várias partes, o templo é uma delas. Vem comigo que você vê com seus próprios olhos. É aqui pertinho.

Senti-me abduzido por uma fanática, mas de fato eu não tinha mais o que fazer, estava de férias e pronto para acreditar em qualquer sincronicidade providencial. Sentia-me receptivo como nunca a entrar em uma ordem mágica. Cheguei a cogitar algo na vertente thelêmica via Pedro, mas ele me informou que era mais fácil achar uma praia de areia negra do que um thelemita fidedigno no Brasil. Claro que ele ouvira isso do pai e estava reproduzindo.

A propósito — e sem querer atropelar a história que estou a desfiar — friso que assumo, foi, sim, a magia o fator que me catapultou abismo abaixo. Não obstante, não posso culpar nenhuma ordem iniciática pelos resultados. O uso equivocado da magia era culpa minha. Ponto.

O título de *autêntica* Ordem Rosacruz era disputado por várias organizações iniciáticas. Com o tempo eu entenderia que *rosacruz* é um título e um estado místico que pode ser vinculado a qualquer pessoa ou ordem iniciática, sem contudo pertencer a nenhuma. Agora me pergunto: faz diferença além do corpo e fora da carne? Sem resposta.

Desci com Lucia dois pontos antes do meu e seguimos caminhando até a Loja. A velha casa que recebia os rosacruzes era conservada, coalhada de referências egípcias carnavalescas de gesso e cal. Ficava em uma rua quase secreta da insuspeita Copacabana. Lucia tirou da bolsa as chaves e abriu a porta. Ela era responsável pela loja da Loja, ou seja, pela venda de livros, incensos, medalhas, broches, vestuários ritualísticos, toda sorte de produtos necessários para confortavelmente realizar os rituais propostos pela ordem.

Hummm.

O incenso lenitivo enlevava, e os tons violáceos das paredes gritavam sono. Parecia um colo de avó que nina, tamanho relaxamento e entrega induzidos pelo ambiente.

Membros da ordem vinham chegando aos poucos — de acordo com Lucia, todos os dias havia diferentes rituais e atividades na Loja. Enquanto me oferecia um café, Lucia frisou que ninguém era obrigado a comparecer.

— Mas todos os rituais e atividades são benefícios espirituais disponíveis ao estudante rosa-cruz — completou contudo.

Não obstante o profundo incômodo que me causava a sigla O.R.E., acabei me afiliando à Ordem Rosacruz Espiritual. Depois de um mês dominado pela prática de exercícios respiratórios e pelo estudo de textos que me eram enviados mensalmente por correio, era chegado o momento de cruzar o primeiro portal, que vinha na forma do primeiro ritual de auto-iniciação. O ermo cerimonial me efetivaria assim Neófito da Ordem.

Ergui o que chamávamos de "oratório" em minha escrivaninha agora adornada com um espelho na altura do meu rosto, na parede na qual ficava encostado o móvel. O espelho era ladeado por duas velas. Após meditar por um tempo, repeti algumas afirmações e voltei a meditar, desta vez de olhos abertos, fixando a vista em meu reflexo no pequeno espelho. A iluminação de velas proporcionava um efeito fantasmagórico que servia aos propósitos místicos. Após alguns minutos, vi surgir algo como uma nuvem púrpura entre os olhos, flutuando como um pensamento esquecido. Era uma agradável sensação de sincronicidade entre o mundo e eu, o que me instigou — eu estava agora fazendo parte de um universo todo novo, um lugar imaginário chamado "Catedral Celestial", que residia na mente de cada *frater* e *soror*. A sigla C.C. rendia piadas tão cretinas quanto intermináveis entre *frateres* e *sorores*. Eu devia ter desconfiado que havia algo de errado com uma ordem iniciática que se permitisse essas siglas.

Ao fim do ritual, eu sempre me recolhia com a mais delicada sensação de relaxamento perfeito, apesar de catedrais me evocarem, via de regra, tensão e dor.

Tornei-me assíduo nas reuniões e rituais da Ordem. Entrar para um grupo iniciático foi a única maneira de socializar que encontrei, sejamos sinceros. Sendo Pedro meu único amigo e o colégio, aquele país estranho, restava-me esta estratégia precária para comer alguém e receber meu carimbo de adolescente normal. Sim, eu queria comer alguém e me sentir *pertencendo* a um grupo. Sim, porque as pessoas *normais* pareciam achar que eu tinha lepra. A associação comigo acarretava pestilência e afastamento. Eu era esquisito demais para a vida no canto de planeta que me coube, já passamos por este assunto, não quero aqui me perder em devaneios. Já me bastam os antigos devaneios futuros de tempos mais vívidos.

Algumas pessoas dizem que o Demônio mora nos detalhes. Para outros é Deus quem mora neles.

As práticas místicas que eu aprendia na O.R.E. foram se amalgamando à minha rotina. Um deles era só me permitir deitar para dormir após rever — julgar — meus atos do dia. Para dormir eu me deitava de barriga pra cima, com as mãos cruzadas sobre o plexo solar, e me concentrava em cada parte do meu corpo, separadamente, com respiração vagarosa e densa. A idéia era induzir a sensação de corpo largando a mente e a alma para que, livres, pudessem planar os mares rasos da visão completa.

Após uns sete meses de tentativa, quase consegui. Tive a sensação de deixar o corpo, só minha mente era a essência de tudo, como se a noite se transformasse em um véu nevoento. Eu boiava entre teias e respirava o ar perolado. Mas a asa do medo oscilou em minha testa e senti meu corpo de volta, petrificado e pesado.

*****

Caminhava para a escola quando parei para fuçar a banca de um camelô de livros que, para minha surpresa, encontrei no caminho. Não bastasse a novidade que era me deparar com um camelô de livros no surrado e percorrido caminho de mesmices que terminava na escola, demorei a acreditar quando fisguei um livro do Aleister Crowley chamado *O Equinócio dos Deuses*, em português mesmo. Tradução de Marcelo Motta. E por um preço ótimo. O livro era raríssimo, Pedro tinha uma cópia xerox e o pai dele possuía uma cópia original. Reza a lenda que a primeira e única tiragem saíra com defeitos que levaram o tradutor (que publicara o livro do próprio bolso) a recolher das livrarias quase todas as cópias. Lembra do livro que Pedro usava desde criança, o livro que eu e ele usamos como testemunha de nosso pacto infantil? Então.

O futuro ainda me desenrolaria um conhecimento assaz íntimo e nevrálgico do efeito que pode provocar um ritual no qual é usada uma versão defeituosa do *Livro da Lei* — seja o defeito em questão coisa de versículos omitidos ou adulterados, seja erros de tipografia.

Essas brechas — agora eu sei, e é importante ressaltar — dão passagem aos cascões astrais que custam a desgrudar da parte interna das orelhas, como sanguessugas.

*****

E eis que o previsível sempre sucede: em novembro de 1985 eu já não era mais um *frater* da O.R.E. Não durou nem um ano a minha aventura rosacruciana. Definindo-me agnóstico, resolvi seguir meu caminho espiritual de modo independente: voltar ao *Livro da Lei* mudou meus esquemas metafísicos. O mesmo livro que antes me parecera sem sentido e ligeiramente assustador agora me auxiliava a encontrar sentido. Parecia se encaixar em mim como o peixe se encaixa na maré.

Passei a me dizer *thelemita.*

5. Abre-se o pavilhão dourado

O Natal era parte dos festejos da família — a maioria se convertera ao cristianismo. Mas não meus pais, que se diziam "budistas não-praticantes", ah que delicioso pirulito o que se chupa em cima do muro na hora do crepúsculo, ah a doce lira da alegria descompromissada, o doce saber da diplomacia esterilizada, asséptica, finíssima, um brilho que só. Era nesta data — que me reservo o direito de chamar de Saturnália — que dávamos as caras. Nós, os parentes do Rio — os exilados.

Julgarão que estou a perder o fio do bom juízo se eu disser que, antes de pegar o avião, minhas células me avisaram com um sopro de sussurro na curva do presságio. Mas é verdade. Fui avisado que não voltaria o mesmo. E a gente nunca sabe o que quer dizer esse tipo de aviso. Era bom? Era ruim? Em princípio me agrada a perspectiva de não ser eu mesmo. Gostaria de poder solicitar ser um objeto. Um objeto de utilidade limitada mas indispensável, que fosse pouco usado mas preservado e tratado com respeito. Como um grampeador, por exemplo. Deve ser muito bom ser grampeador.

Minha mãe nunca gostou desse negócio de tio, tia, primo, prima, avó, avô, todo mundo sabendo da vida de todo mundo, e os palpites pululando feito pererecas no pântano. Foi isso que impulsionou o traço distante de nossas trajetórias ao convencer meu pai a quebrar o elo familiar e declarar independência: fidedigna liberdade. Minha tia, irmã de minha mãe, por exemplo: era luzidio seu ressentimento suavemente acobertado entre sorrisos semi-abertos e nipônicas exclamações guturais. Minha mãe era uma auto-exilada sem "razão" declarada ou sólida, ainda que todos soubessem muito bem que a razão fracamente camuflada era pulsante o bastante para se fazer notar por todos: minha mãe não engolia controle. A pobre... Tenho certeza que já lhe era assaz custoso controlar a si mesma. Por isso aposto que controle externo não lhe fosse flores ao aroma.

O apartamento dos meus tios, no último andar de um edifício antigo na esquina das ruas Galvão Bueno e Barão de Iguape havia sido reformado. Meu tio mantinha uma imobiliária em uma loja no térreo do mesmo edifício. Fazia três anos que eu lá estivera pela última vez. Ah, eu adorava São Paulo, mas fiz jus aos clichês de birras e confrontos hormonais de adolescência, de modo que a partir dos quatorze anos eu sempre inventava algum motivo para não acompanhar meus pais em suas visitas semestrais aos parentes. Só imagino os comentários da família, murmúrios sobre como eu teria saído à mãe, ela que sempre fora tão reticente a intimidades familiares. Meu pai dissimulava com mais competência, e como oficialmente a ideia de mudar para o Rio partira da minha mãe, meu pai vestira o papel de vítima da esposa irredutível. A mulher que mitigara a tradição nipônica, brasileira, todas elas. A mulher que ousou tomar uma decisão: desejar mais espaço e enrarecer o contato.

Ah, se soubessem o tipo de contato familiar que estava para se consumar.

Meus parentes se banharam no clichê do espanto com o meu tamanho, como eu havia crescido, o pacote completo. Tanto que não resisti e fiz o mesmo: me admirei com meus primos. Miyuki, a menina, que da última vez mal falava — eu a pegava no colo — agora já tinha sete anos. A garota era pequena e muito ativa, de personalidade notadamente talhante. E o Kim, antes um gorduchinho bolota de onze anos, agora aos quinze desabrochara: adolescente de atitude robusta, típica de quem ainda não encontrou seu encaixe na engrenagem do mundo marmanjo. O corpo era de quem se exercitava, as dobrinhas infantis não estavam mais lá, apesar do rosto ainda um tanto bochechudo.

Era um espaçoso apartamento de quatro cômodos: uma suíte na qual ficavam os meus tios, o quarto do Kim, o da Miyuki e outra suíte. A suíte extra servia de escritório e de quarto de hóspedes, onde sempre ficavam meus pais — e eu também, pelo menos das outras vezes. Mas desta vez fui designado a dormir no quarto do meu primo. Com ele. Não soube bem o que isto implicava, mas reverberou imenso. Não entrarei em detalhes dispensáveis. Comecemos logo a tratar de assuntos prementes, de auroras inadiáveis, de noites jamais abortadas e de líquidos misteriosos que servem de ponte para o inesperado.

Eu não me sentia inteiramente à vontade com aquelas pessoas, o que me deixou bastante à vontade, já que era normal eu não me sentir à vontade com ninguém mesmo — tirando o Pedro. Era reconfortante a familiaridade da estranheza e a certeza do deslocamento. Tudo até então corria de modo previsível. Nada mais que uma reunião de família e todo aborrecimento inerente ao evento.

A feminilidade que minha tia fanfarreava era tosca como um coquetel de testosterona perto da frieza tecnológica da irmã homeopata. Minha mãe parecia o futuro, minha tia tinha ares de passado, com direito a todo ódio que o passado sempre sente pelo futuro que jamais haverá de testemunhar.

Após devidamente instalados, fomos para a sala socializar, beber chá verde ou saquê ou Coca-Cola. As conversas exalavam um insofismável mar de mesmice, porém o jantar foi esplêndido. Ou seria eu o faminto demais? Foram sinceros meus elogios aos sushis e sashimis e ao *yakiudon* preparados por minha tia, que mostrou-se timidamente lisonjeada e me sorriu um sorriso doce de tia amável. Mas quando olhei para ela, bem no momento em que ela sorriu, algo bizarro demais ocorreu. Como em uma edição de videoclipe, um flash, um efeito especial, seu rosto se me apresentou como o de uma Medusa ensanguentada. Foi muito rápido, mas inequívoco e perturbador.

A milimétrica cena de relance grudou no fundo dos meus olhos como um carrapato: seguiu acoplada por nem sei quanto tempo, talvez até agora.

Quanto a Kim, ele seguia a tendência dos homens da família: silêncio plácido de lago de jardim japonês. Até onde eu sabia, era uma família desprovida de misturas étnicas. Por isso Kim tinha olhos de samurai. E tinha aquele nariz que não segurava bem a armação dos óculos que ocasionalmente lhe socorriam o leve astigmatismo: um fidedigno nariz asiático, às voltas com escorregadias armações feitas por e para narizes greco-romanos ou africanos ou mouros.

Terminado o jantar, Kim me chamou para o seu — por agora "nosso" — quarto. Trancou a porta depois de entrarmos, o que logo me fez relembrar Pedro e nosso pacto aos dez anos de idade: ele também me surpreendera ao trancar a porta do próprio quarto. Viajei no galope do símbolo da cena, mas domei a cavalgada a tempo de não tropeçar na silhueta da situação sensível: a carga elétrica da pele do meu primo me roçava à distância. Não precisava estar perto para estar perto, que perigo isso.

Meus pais nunca entravam no meu quarto sem bater. Eu estranhava a tranca porque ela não me era necessária. Mas só sabia dos meus parentes que faziam contraste quase irrecusável dos meus pais. E sendo eu, em tantos níveis, o contraste inegociável dos meus pais, como ficava? Eu era o contraste do contraste? Isto não me aproximaria de certa forma dos meus parentes paulistas? Nada perguntei. Mas minha cabeça jamais parava de pensar sob comando — quem me dera. Por isso tive de arrumar uma justificativa plausível para aquela porta trancada. Concluí que era hábito de rapaz adolescente que tem irmã de sete anos. Para evitar que ela o flagrasse pelado, trocando de roupa — ou batendo uma, como qualquer mancebo de quinze anos.

A tranca da porta agiu como um isolamento de influências externas, porque ele então desenfreou a falar. Computadores, máquinas, videogames, tecnologias, musculação. Por mais que falasse, mantinha os olhos enormes e pequenos, e a expressão curiosa de indelineável timidez.

Minha intenção original era sair. Levara uns baseados comigo e queria fumar um. Estava em São Paulo, tinha quase dezoito anos, precisava romper o concreto e deslizar pelos altos e baixos subterrâneos e fluorescentes; precisava beber drinques de neon e ouvir músicas de som invasivo e perfurante. Tudo que eu nunca fazia no Rio, e por isso mesmo achava mais fácil de fazer em São Paulo — não só o cenário era mais adequado, mas eu estava salivando de vontade de meter o pé em cada porta que meu pé encontrasse. Foi por isso que dessa vez eu aceitei viajar com meus pais: agora eu já tinha idade suficiente para sair sozinho e não ficar confinado no apartamento da família, nos passeios da família, nas refeições da família — aquilo era uma provação que eu não me julgara merecedor de repetir jamais.

— O que você curte, Ricardo? — ele perguntou. — Em música, quero dizer.

Estávamos sentados na cama dele. Gostei da pergunta. Todos sabemos que é possível julgar o caráter de uma pessoa por seu gosto musical.

— Gosto de rock em geral, alguma coisa de MPB e também *disco music*. Smiths eu amo. E Donna Summer, Grace Jones, essas coisas — eu respondi sem pensar, como se estivesse dando uma lista bastante homogênea. — E Caetano, Cazuza, Lobão, Gang 90, Angela RoRo. E você? Você gosta do quê?

— Eu gosto de rock, mas não todo rock — e apontou com os olhos a estante repleta de discos de vinil e coroada por um equipamento 3-em-1 com duas caixas de som. — Detesto Elvis Presley, por exemplo. E não sou muito fã de MPB.

— Não?

— Sei lá, meu.

O sotaque paulista dele me era deliciosamente divertido. Possivelmente o meu sotaque carioca de batata frita também lhe causasse algum estranhamento.

— Não me diz nada, sabe? Não sei bem explicar. Mano, não sou muito bom com esse negócio de palavras, não — ele riu como um duende. — Mas tem suas exceções, até que uma coisa ou outra dos Mutantes eu gosto.

— Mas Mutantes não é MPB — eu protestei jocosamente.

— É, tem razão, é rock. Mas tem uns momentos MPB, né?

— É rock brasileiro.

— Tá certo. Mas as bandas que eu mais gosto são *underground*.

Minha sobrancelha esquerda não conteve a ascensão. Derrubei-a de volta ao lugar de descanso por instinto de não transparecer condescendência.

— *Underground*? Como assim? — perguntei.

— Ah, essa galera aqui de São Paulo, principalmente. Mercenárias, Ratos de Porão, Violeta de Outono. Gosto de vários tipos de banda, das mais pesadas às mais leves, só não gosto de som clichê, entende?

"Uau", pensei.

Ele prosseguiu.

— Essas bandas que aparecem na tevê, a maioria é tudo burguês demais pra mim. Não dá.

Eu ri. "Burguês".

— Você esperava o quê? — ele riu também. — Que eu fosse fã do RPM? Hahahaha...

— Calma aí, não precisa radicalizar. RPM é ruim demais.

— É. — Ele se levantou em direção à estante de discos. — Mas Lobão é bom. Eu tenho esse disco dele — ele puxou um disco de uma das prateleiras da estante —, "Ronaldo foi pra guerra". Ele e os Ronaldos.

— É, eu também gosto dele. Mas você podia então colocar algo pra gente ouvir — eu sugeri. — Algo que eu não conheça.

— Tá certo. — Ele deu um sorriso misterioso e procurou entre os discos organizados por ordem alfabética. Puxou o álbum que estava procurando, tirou o vinil com plástico da capa de papel com cuidado, depois removeu o plástico e colocou o disco para tocar na vitrola.

As caixas de som soaram uma mistura de bateria eletrônica com baticum percussivo. Ele me entregou a capa do disco: uma Cleópatra estilizada de olhos verdes de um lado, uma índia loura do outro. A cantora/compositora se chamava May East.

— Não conheço a moça, mas estou gostando do som. Bastante intrigante — comentei.

— Ah, acho que conhece, sim. Lembra da Gang 90?

— Claro, "Perdidos na Selva", "Louco Amor" e tal.

— Então, ela era uma das Absurdettes — Kim esclareceu, e sentou-se ao meu lado de novo na cama.

A vibração elétrica entre a minha coxa e a dele.

— Ah — eu respondi, colocando a capa do disco sobre a mesa de cabeceira.

Ficamos um tempo em silêncio, ou melhor, sem falar, apenas ouvindo a exótica música.

O lado A acabou e Kim se levantou para virar o disco.

— A gente podia dar uma saída, o que você acha? — meu primo perguntou após pousar a agulha no disco.

— Eu acho uma ótima ideia — respondi com genuína empolgação. — Onde você sugere que a gente vá?

— Sei lá. Diz você.

— Bom, você não é chegado em música de *playboy*.

— Nem você, ainda bem — e riu. — Ué, a gente pode ir no Madame Satã, que é onde dá um povo mais louco. Eu já fui lá duas vezes, até queria voltar mesmo, mas nunca arrumo ninguém pra ir comigo. Nas duas vezes que fui, fui sozinho.

— Eu não tenho problema de sair sozinho.

— Nem eu, tanto que fui. Mas é legal ir com alguém também.

Eu levantei da cama.

— Então é isso. Vamos ao Madame Satã. Vou trocar de roupa.

— Fica à vontade, Ri — meu primo disse. Achei meigo ele me chamar assim, "Ri". Normalmente eu odiava apelidos. Meus pais só se chamavam, e a mim, pelo nome, sem diminutivos ou alcunhas. No entanto gostei de ouvir a voz do Kim me chamando de "Ri". E observei como era peculiar esse meu gostar.

Ele abriu a porta do armário e eu pensei coisas.

— Eu liberei uma parte do meu armário para você colocar suas coisas — ele disse, pegando antes de mim a minha mala, que eu deixara perto da porta do quarto.

Agradeci e ele foi para a janela, onde ficou olhando para fora e cantarolando a música que saía dos sulcos do disco. Era perceptível que ele queria me deixar à vontade para trocar de roupa. Eu não tinha grande problemas em ficar pelado na frente de outra pessoa. Isto é, contanto que não houvesse atração da minha parte.

Eis então. Creio que não havia como negar.

Quer dizer, havia, sim. Aquilo não era ideia que se nutrisse. Era um absurdo, e além de tudo não tinha nada a ver, meu primo estava sendo apenas afetuoso e atencioso. Meus hormônios é que estavam frenéticos, desesperados, assassinos, furiosamente focados em furar fendas e formatos favoráveis, fossem quais fossem. Fui firme e fustiguei os fantasmas, fazendo frente ao fenômeno até, por fim, torná-lo prófugo.

Procurei afastar da mente qualquer pensamento lascivo e me dediquei a transferir minhas roupas e objetos pessoais para o armário. "Aproveite e entre no armário, e fique lá durante a visita à família", rosnou meu superego.

Mas meu *id* não apenas rosnava como babava, e me ordenava pingar gasolina na ferida acesa, lentamente, gota a gota. A bactéria se desenvolvia na minha alma, debaixo da minha pele, a avidez por experiência, a tara pela sensação, a sede de sal.

Eu andava lendo sobre gemas, cristais e pedras e seus poderes simbólicos, vibratórios e demais possibilidade não-cartesianas. Prova maior de que eu queria mesmo abusar do fogo e acender ideias de brincar no playground do abismo sem fim: a pedra que eu trouxera comigo. Uma pequena obsidiana preta. Eu a posicionei prudentemente dentro da cueca, repousando entre o pau e o saco. A cueca era apertadinha naquela medida gostosa que não sufoca os ovos, eu confiava que a obsidiana não fosse escorregar, mas se escorregasse, era do jogo. Se eu tivesse uma filha, a chamaria de Obsidiana. Imagino uma mistura de obsessiva com fubana, um retrato da minha imagética de mulher — de onde, em nome do Buda fenomenal, eu terei tirado esse arquétipo desairoso do outro sexo? Minha mente me surpreendia, me sustava solavancos de informação inesperada sobre mim mesmo. Que estranho eu me percebia.

Ah, mas eu queria tudo, menos aquele tédio que me devorava de modo frugal e educado. Antes fosse devorado pelas garras mortíferas de um animal selvagem e faminto. O tédio me tirava a dignidade, hoje eu vejo isso, hoje percebo que foi o anseio por dignidade que me jogou na lama da desgraça. Ou talvez a lama tenha apenas evidenciado um lugar no qual eu sempre estivera, sem contudo me dar conta.

Para minha surpresa, não houve resistência ou questionamento por parte de nossos pais quando Kim e eu anunciamos nossa intenção de mergulhar na noite paulistana. Dos meus pais eu não esperava mesmo qualquer coisa que desafinasse da melodia de cuidadosa indiferença. Mas meus tios se mostraram surpreendentemente liberais e despreocupados.

Saímos.

*****

O Madame Satã era um templo *dark* — minha geração chamava de *darks* o que as gerações seguintes chamam de góticos, aquela turma enamorada de melancolias várias; os cultivadores de sons sorumbáticos: babuínos da negritude indevassável. Bem, pelo menos em São Paulo o ambiente era propício a este tipo de performance existencial juvenil. Era uma cidade de se cortar os pulsos. A necessidade de respirar entre edifícios e fumaça liberava as exigências da mente e da carne. No Rio de Janeiro, pulso cortado era mera menstruação, uma piada alegre porém sem graça que sequestrava o drama e jogava qualquer sofisticada complicação na lama. O Rio era a simplificação máxima, por isso beijava a mediocridade. São Paulo também tinha suas vulgaridades, de certo, mas as vestia com menos garbo e com mais comedimento — sugerindo maior entendimento. São Paulo era um livro, o Rio era uma cerveja na praia. Sempre odiei cerveja. Minhas papilas costumavam dizer que a bebida tinha gosto de urina de demônio brocha.

Era sábado, e todos sabem que apenas canalhas e crianças saem de casa nos sábados à noite. A casa, de paredes pintadas com tinta preta escura e com direito a um gárgula de asas de morcego, engolia com vagar uma fila serpentífera. Desanimei.

— Satã que não me leve a mal, nada contra ele, muito pelo contrário, até simpatizo bastante com sua causa. Mas não dá pra enfrentar essa fila, né, Kim?

Ambos vestíamos preto da cabeça aos pés: jeans preto, camisas pretas (eu, com uma camisa de malha básica; ele, com uma camisa social também básica) — eu de tênis Converse preto, ele calçando coturnos gastos de couro. Não era combinação nem nada assim: no final de 1985 era muito difícil encontrar cores vibrantes em lojas de roupas razoáveis, fossem as populares ou as mais restritas. Preto era a cor da década — até Elba Ramalho posava com rendas negras nas capas de seus discos em meados da década, o que mais é preciso dizer? Preto era uma unanimidade. O clichê *não sei o quê is the new black* não surgira do nada.

— É mesmo, Ri. Não *tô* numa de encarar essa, não. — Ele tirou um maço de cigarros de filtro amarelo do bolso da calça, puxou um e me ofereceu. Recusei, agradecendo, e ele guardou o maço, pegou um isqueiro do mesmo bolso e acendeu o cigarro. — Tem um lugar que eu ouvi falar que fica mais ou menos aqui perto. Nem precisa tomar outro táxi, dá pra ir a pé. Chama *The Box.*

— Que nome criativo — eu dei uma risadinha. — Vamos.

Após uma caminhada de uns quatro quarteirões, chegamos ao estabelecimento que se anunciava como uma danceteria, termo que me causava quizila.

Entramos.

O espaço da danceteria fazia jus ao nome compacto. A música e a atmosfera deprimente cativaram o amanhecer sombrio da minha alma como borboleta na rede. A nova música que nascia nas pistas de dança era uma mistura de minimalismo, eletrônica, climas tribais e guitarras.

Bebemos uma dose de conhaque. Depois outra. O álcool incrementou o papo, e não mais que rapidamente éramos amigos íntimos. Kim havia terminado sua terceira dose e parecia estar agradavelmente alto. Eu tentava bancar o primo legal como se isso fosse me impedir de bancar alguma outra coisa, e enquanto isso ele falava e falava... parecia ter acabado de descobrir o dom da fala, uma Emília, boneca falante que criou vida e verbo.

Decidi não pedir uma quarta dose, pois minha cabeça queria perder o eixo que eu tanto me esforçava para manter. Pedi um pão de alho para encher o estômago e impedir que a leveza de minha mente a fizesse flutuar para países estrangeiros — eu estava sem passaporte.

— Kim, *cê* tem certeza que teus pais não ligam de você beber? — eu perguntei ao perceber que meu primo estava com aquele olhar de lua cheia refletida na poça d'água que os bêbados costumam lançar sobre paredes, ares e pontos indefinidos em geral.

Estávamos sentados em dos sofás da parte anterior à pista de dança.

— Relaxa, primo. Meus velhos vão estar dormindo quando a gente chegar.

Kim ainda me era enigmático, o que só refletia minha ansiedade por conhecê-lo profundamente em poucas horas de contato. Nossos encontros familiares anteriores não passavam de formalidades de parentes não--próximos. Agora que o enxergava, ele me parecia introspectivo, voltado para seu universo exclusivo de aeróbica e eletrônica. Apesar da disposição para a vida noturna, meu primo emanava uma vibração diurna, inversa à fauna e fatos noturnos que experimentava naquela ocasião, naquele momento comigo. Esse era o telegrama recebido pelos meus sextos, sétimos e demais sentidos.

— Conto nos dedos as vezes que saí de noite assim, sabe? — meu primo olhou para mim e disse, e senti todo um Pólo Norte me riscando a espinha.

"Esse garoto está lendo a porra do meu pensamento?"

A obsidiana pulsou, faiscante, entre meu pinto e o saco. Quase achei que fosse entrar em combustão, temi a castração, mas foi uma fração de segundo, em seguida a gema gelou e jogou sua calma fria no resto do meu ser qual analgésico.

"Calma, Ricardo", pensei, respirando com mais placidez. "Esqueceu que ele disse que só tinha ido duas vezes ao Madame Satã?"

— É, você me disse que só tinha ido duas vezes no Madame Satã — eu disse, já me sentindo re-inserido em certa normalidade.

— Eu disse, né? — ele riu. — Só não disse que foram as únicas vezes que saí de noite na vida — e riu mais ainda, nervoso.

Então iluminou-se na tela impávida da minha compreensão que, para ele, estar lá onde estávamos era como mergulhar no mundo de uma Criatura Noturna.

E senti que alguma coisa estava acontecendo. A obsidiana gritava no abrigo do meu sexo: troquei de posição no sofá para não enfiar a mão dentro da cueca e parar com aquilo. Eu não podia e na verdade nem queria parar com aquilo, mas era lancinante a pulsação da gema obscura em contato direto com os genitais, simples assim. Não era uma sensação ruim, mas era uma sensação mais peculiar do que eu previa. Situações como essa me fizeram aprender que não há previsões e sim intenções.

Sei que Kim temia derrubar as rédeas do álcool. Não obstante, seus olhos sem memória de repente passaram a enxergar a figura de uma mulher dentro do seu conhaque. Eu sei porque *eu vi* a tal mulher dentro da taça de conhaque dele, eu vi. E vi que ele estava vendo.

Pisquei demoradamente, confiando que abriria os olhos e voltaria a ver meu primo e sua taça de conhaque apenas, nada mais. Almejava abrir os olhos para recuperar a normalidade. Mas ganhei na cara foi um jato gelado de realidade ilusória concreta: lá estava meu primo, sentado ao meu lado no sofá de couro preto, olhando para a taça de conhaque que continha mais uns três goles modestos da bebida. E dentro da taça, boiando, dançando, se alongando ou simplesmente sentada em assento inexistente: lá estava aquela mulher. Aquela miniatura de mulher. Incorpórea e concreta. Sorrindo para nós dois com dentes ígneos dentro do líquido cor de avelã. Kim piscou e olhou de novo, assim como eu acabara de fazer, e a mulher noturna lá permanecia.

Ela disse para ele:

— Beba-me.

Kim obedeceu, tentando agir naturalmente, como se não estivesse bebendo uma mulher negra de noite e luminosa de vácuos que a partir de então habitaria seu âmago e seu todo, sendo seu nada imperecível.

As coisas ficaram diferentes a partir de então.

Ele ter bebido a Noturna me afetou também. Porque de repente eu não tinha mais medo: meu medo se dissolvera como reflexo da dissolução do medo do Kim. Eu não tinha reparado que ele tinha medo, mas rapidamente achei tolice esse pensamento, já que todos tememos, mesmo sem saber a quê.

Puxei assunto, desinibido e galopante:

— E você?

— Eu? Eu o quê?

— É, primo. Você tem namorada ou *algo assim*?

As palavras saíam da minha boca como espirros indesejados, corpos estranhos se desligando do meu de modo incontrolável. Eu não era o autor daquele texto, mas estava ciente que não havia a quem culpar.

Ele engasgou. Até então lasso nas ondas da bebida, travou.

— Tive uns casos — citou, vago. — Nada importante de verdade.

— Sei.

— Na verdade estou à cata — riu, tentando dissimular o aço.

— Você é virgem?

Engasgou triplamente, pego de surpresa quando achava que tudo havia se tranquilizado.

— Eu... é... porra, primo, que pergunta. Sou.

Eu ri por dentro, a seriedade do lado de fora. Não era minha intenção massacrar a dignidade do meu primo. Eu já passara por isso.

Kim pegou um cigarro do maço no bolso e acendeu com movimentos rápidos e nervosos. E disse:

— Mas não sou bicha!

— Que é isso, primo? — eu perguntei com tom de voz indiferente. — Eu não quis dizer que *cê* era!

A masculinidade era mesmo uma coisa patética, frágil, delicada. Enxerguei nele eu mesmo pouco tempo antes, tentando me provar para Pedro. Tentando garantir minha *dignidade* de homem.

Kim esticou a cabeça pra frente, levantou e estalou o pescoço dos dois lados, como que tentando retomar a conexão com a normalidade.

— Desculpa — ele disse.

— Tudo bem, primo, relaxa — eu o tranquilizei. — Acho que *cê* bebeu demais. Vou pegar uma água, peraí — eu disse e me levantei.

O bar ficava a poucos passos do sofá onde estávamos. Voltei com uma garrafinha de água mineral com gás e um copo.

Enchi o copo com a água e a energizei com as mãos antes de beber e, em seguida, passar para Kim.

Senti pentagramas de fogo flutuando e me cercando de chamas.

O pensamento de trepar com meu primo era mais interessante do que a realidade crua, que incluía uma série de potenciais consequências aziagas. Passavam-se os anos e a idéia de contato sexual com outro homem me era mais e mais estranha, por mais que afirmativa. Pois por mais que eu sentisse atração por homens imaginários, ou por aqueles que via em pornografia, na vida real não acontecia de eu me interessar por eles. Eu podia nutrir até um afeto íntimo, como nutria por Pedro, mas não tinha nada a ver com sexo. No entanto de repente, contrariando todas essas decisões prévias, lá eu estava sentindo meu pinto enrijecer de tesão no meu primo. No meu primo!

Seria culpa da maldita obsidiana?

Maldita? Mesmo? "Quem sabe você não vai ter uma experiência interessante", aleguei comigo mesmo. Talvez fosse mais o caso de chamar a obsidiana de *bendita*. Tudo dependia do resultado final.

Sim, claro. O resultado final. Como se eu e você já não soubéssemos que o desfecho foi trágico. Mas, confie no que digo, você não imagina os meandros e as reviravoltas até lá. Isto aqui não é exatamente um romeu--e-julieta gay-sansei. Continuaremos a jornada, mas que fique registrado que, na minha opinião, se por um lado o ritual com Pedro aos dez anos de idade foi a porta de entrada nos caminhos labirínticos da *Magick*, por outro lado foi esse experimento com a obsidiana que me desregulou o chackra básico e desencadeou todas as marolas que alimentaram futuras tsunamis vermelhas.

De volta à Box: resolvi dançar. A música que vinha do mínimo subsolo era um golpe, constatei ao descer, nela e mergulhei como anfíbio n'água, atravessando a parede sonora sem quebrar a testa. Kim me acompanhou, destacado como os demais. Havia um clima de não companhia em cada dupla, ou trio, ou grupo. As pessoas dançavam com as paredes, ou olhando para o chão, ou para o teto.

Dancei de modo desenfreado à procura de uma taça, não a de vinho, mas a de carne — feminina, pois aquela coisa toda com meu primo estava me complicando a mente e eu queria fluir como minerais em correntezas subterrâneas.

Até parece.

Então percebi aquela menina em meio à encaixotada fauna da *dark* danceteria. Não que fosse difícil percebermos uns aos outros na quase intimidade do ínfimo espaço. Seus olhos-vácuos eram como uma só pérola no deserto, os dois pontos de luz se encontrando e formando um ponto maior coroando o triângulo traçado nas ondas sonoras. Ela dançava de maneira labiríntica, um tubarão que navega o mar revolto. Era tão magra, suas diminutas tetinhas perceptíveis sob a blusa social de seda preta, seus cabelos *suedehead* agregando-lhe um arzinho de rapazola — dependendo do ângulo. Podia ser a filha da Mia Farrow de "O Bebê de Rosemary" com a Jane Birkin de "Je t'aime Moi Non Plus". Foi por causa disso que Zeus raptou Ganimedes. Ah, como a polarização das minhas ereções era adaptável. Ou talvez eu estivesse apenas com tesão demais e ela meramente aconteceu de ser a fonte de captação? Mistérios continuamente irrespondíveis.

Não precisamos de palavras, eu e ela: somente começamos a dançar juntos, sorrindo-nos de maneira desleixada. Quando dei por mim, nossas línguas estavam enfiadas na boca um do outro em um *roto-rooter* canalha, lento e bom. Quando percebi que Kim já não estava mais em minha mente, lembrei-me de sua existência em ato contínuo, a neurolinguística da hipocrisia. Meus olhos procuraram sua imagem e vi que ele estava a nos espreitar.

Ela tinha caninos afiados — ou seria língua voraz? Sangrou-me o lábio inferior bem no meio.

"Ah, é assim?", pensei.

Então assim será: dei-lhe uma chupada no pescoço, daquelas de deixar mancha roxa. Ela não demonstrou se importar, o que me agradou. Até então era raro algo funcionar entre mim e as garotas. Mas estava funcionando naquele momento.

"Será que eu me belisco?", considerei. Mas caí na real ao lembrar que poucos momentos antes eu estava vendo uma miniatura de mulher noturna dentro da taça de conhaque, então qualquer bizarrice que viesse agora era lucro, era crível, era matemática demonstrável.

Será que ela estava sozinha na danceteria? “Ah, São Paulo, assim você me assusta! Que lugar é esse em que as meninas vão sozinhas às bocadas noturnas?”

Não me deixei constranger pela mediocridade do meu pensamento: segui avante, impávido, indomado e orgulhoso, típico humano.

— Não *tô* sozinha, *tô* com meus amigos... mas não *tô* com ninguém — ela me disse, sorrindo, o rosto perto do meu, respondendo à pergunta que não me passara pelo aparelho fonador, e meus ouvidos foram informados de seu timbre rouco e agudo. Conhecer sua voz me distraiu num primeiro momento da sensação de invasão, do estupro cerebral, a colonização da alma.

Senti o farfalhar das asas negras de um corvo amigável me soprando os olhos e temi. Temi. Aquela brincadeira de lerem meus pensamentos não estava me agradando nem um pouco. A obsidiana inchava, negra e preta e turva e noturna e escura e impenetrável, aberta, aninhada no calor do meu sexo embalado pela cueca-sunga preta.

Olhei para os olhos dela enquanto considerava a hipótese de estar bêbado a ponto de falar o que pensava sem perceber que falava, achando-me resguardado pela privacidade do pensamento, sem saber que a barreira se quebrara e eu estava mais nu do que era possível, a torneira aberta do superego vertendo verdadeira água de ego sem freio. Indisposto a perguntar-lhe se havia perguntado algo, deixei por isso mesmo, eu que morresse com essa dúvida cravada na nuca.

— Não faz muito sentido isso que eu acabei de dizer, né? — ela riu.

Ri, e o riso foi uma válvula de escape e um caminho para eu, enfim, me posicionar.

— Acho que eu entendi.

— Entendeu?

— Você quis dizer que não veio acompanhada para cá? — Se ela respondesse que sim, talvez eu conseguisse alguma indicação que confirmasse se eu de fato perguntara algo ou não.

— Foi isso mesmo. Você me perguntou, não perguntou?

Essa não. Ela mesma não tinha certeza. Achei melhor dizer que sim para encerrar o assunto. Que se foda, estava tudo esquisito mesmo, melhor mamar nas tetas da Estranha Criatura e me intoxicar de uma vez com tudo que há de mais misterioso, enigmático e incompreensível nos universos.

Eu não queria Magick? Eu não queria excursionar pelas dobras das sombras? Pois então.

— Eu costumava vir pra cá sempre com alguém, mas agora venho pra rever as pessoas. Não moro mais em São Paulo.

— Pensei que *cê* fosse paulista.

— E sou. Mas minha família mudou pro Rio há mais ou menos um ano, e eu fui junto.

Ela me reverberava atração pura, sem intelectualismos juvenis ou justificativas cansadas. Aquele tempo-tela isento de qualquer contaminação ou pesadelo. Uma lufada de ar fresco.

Senti a obsidiana me queimando mais e tive medo de ser capado por fogo. Senti o calor e o lume do desejo que entendi por Vontade. "Ô Nuit", pedi do fundo da minha mente, "por favor, me liberta da minha gaiola e me deixa voar com asas de luxúria. Me deixa sonhar com o jardim das delícias, e permite que eu seja libertado do bem, do mal e do preconceito. Ô Nuit, me deixa ver com olhos de uma jovem serpente, permite que eu ame com o coração da mais pura Prostituta e contemple as coisas todas em múltipla unidade. Eu te peço, Eu te peço, Eu te peço".

Eu não me sabia capaz de tanta cafonice. Mas cafonice amiúde denota espontaneidade, emoção pura, elementos fundamentais para uma boa *magick.*

Pois funcionou: lá estava a Deusa em meus braços, tomando aquela carne que se juntava à minha. Patrícia tinha uma aparência natural apesar da maquiagem acentuada. Sua expressão facial era aberta e clara e reservada. O cabelo curto cor de avelã (seria tintura? A meia-luz da boate não ajudaria a decifrar) lhe emprestava um ar pan-helênico. Lábios fartos condensavam a carne que faltava naquele corpo todo magro — todo, menos a bunda redondinha, parecia uma sílfide. Podia enxergá-la com suas asas de libélula abraçando meu sistema nervoso, enquanto as asas brancas de Kim envolviam meu cérebro e eu abria minhas asas de morcego, preparando o voo.

Então o anjinho, suspenso beija-flor pairando perto da minha orelha esquerda, sussurrou em expansivo acalanto uma melodia maleável, melíflua, medusa monocórdia: "por que você não divide essa garota com seu primo?", perguntava a voz.

Por que você não divide essa garota com seu primo?

Senti um bloco de gelo instalar-se em meu estômago. Podia fazer isso, mas era um tiro na sombra. Não existe bala perdida, a bala sempre encontra seu alvo, nós é que desconhecemos a Vontade das balas. Por isso prefiro chiclete para aliviar a tensão.

O ogro do inferno soprou tempestades em minha mente. A pulsação da música mantinha minha respiração no lugar e garantia o funcionamento geral de mim mesmo. Pensei na enorme desgraça que seria para a família se algo *errado* acontecesse como consequência desse ato de luxúria juvenil.

Bem.

Veio-me aquela incontrolável vontade de gargalhar que eu não me lembrava de conhecer. Então parei de beijar a menina, peguei-a pela mão e apresentei-a a Kim — e ambos desentenderam o rompante: começaram a conversar com cautela.

Espiritualistas ultrapassados pregariam contra o ambiente, que alegariam ser repletos de vampiros astrais e larvas espirituais, alardeariam que essas criaturas contaminam o ser humano, coisas assim. Sempre tomei esse papo como uma forma de preconceito, já que, havendo larvas e cascões, por que evitá-los como se não fizessem parte dos mundos? Eu precisava assimilar totalidades, socorro! Tinha a Fome do Mais Alto. Por que não cair o bastante para experimentar a ausência das profundezas?

Por que eu sentia asas de morcego nas costas? Por que Patrícia tinha as dela de libélula? Eu via o anjo em Kim, e era como se soubesse do futuro em marcha. A pista de dança na borda de nossas existências traçava o ritmo de nossas aspirações inconfessas. Nossas expectativas secretas que se denunciavam a si mesmas pelos poros de cada pele — como pular a porosidade dos poros? Como impedir que essa porosidade assimile e devolva o ar que nos cerca e que respiramos? Eu não sei ainda, só sei que tudo isso era prenúncio de denúncia.

Levantei para mijar e deixei os dois conversando. Tomei cuidado para não deixar a obsidiana cair no mictório, o que seria o fim da minha *magick*, já que enfiar a mão no urinol para resgatá-la não era uma opção.

Quando voltei, eles se beijavam.

Ela disse que conhecia um "hotel" aceitável. Rua da Glória, perto da estação Liberdade do metrô. Kim não fez objeção à proximidade de casa, não sei se por estar bêbado, por estar nervoso ou por não se importar mesmo, não sei — eu mesmo não me importava mais.

Kim revelou-se inesperadamente desobstruído. Beijou Patrícia enquanto já lhe tirava a *lingerie*. Fiquei de *voyeur*. Lagos pequenos eclipsando ferozes redemoinhos. As pernas abertas mostravam o sexo de Patricia, que era como um livro aberto, algumas partes de fácil leitura, outras um inconcebível hieróglifo.

Nós três, nus na cama, contorcendo corpos, ambiente líquido: um sonho favorito afinal cumprido. Eu estava disposto a mais que tudo, mais que puro prazer: disposto a dedicar aquele tesão à transcendência, abrindo minha consciência para Nuit penetrar, com seus raios de noite estrelada, o descampado de minha interminável melancolia, minha execranda consciência que entravava sempre, maldita, tudo aquilo que eu era ou achava ser.

Cego e duro, meu pinto pulsava, molhado, raivoso como um eclodir de galáxias sobre os séculos. Ela era saborosa, seu gosto me foi doce à língua.

Impossível não desvelar meus olhos sobre os tecidos de Kim. Em nossas mentes, Kim e eu canalizamos nossa curiosidade e atração mútua sobre Patrícia, e de alguma forma sabíamos que ela sabia disso. Ela sorveu e manipulou Kim como uma máquina de contorções até que ele atingisse o ponto do derramamento, e ruidosamente. Três gotas do esperma dele caíram nas minhas costas (eu a adentrava enquanto ela o assimilava).

O relógio acusava vinte e cinco para as cinco quando eu e Kim chegamos em casa. Estávamos sem palavras, o vazio pós-coito.

Kim quebrou o silêncio enquanto tirávamos nossas roupas, desta vez pra dormir. Já havíamos visto tudo que havia para ver, logo, constrangimento agora era plástico transparente que se rasgava com fragilidade imediata.

— Viu? Não sou mais virgem.

Não pude acreditar na infantilidade, e não vi solução a não ser embarcar:

— Parabéns! Gostou?

— Gostei, foi legal — ele disse, casual como quem comenta um passeio. Achei merecida a resposta estúpida para minha pergunta cretina.

Ao tirar a carteira do bolso, veio junto o isqueiro e me lembrei do baseado que estava guardado junto com os documentos, intocado.

Havia um enorme colchão, ou melhor, um saco de dormir *extra-large* estendido no chão, coberto de travesseiros, bem ao lado da cama dele. Dava uns três naquele colchonete tamanho família. Fui ao banheiro escovar os dentes e ele fez o mesmo. Quando deitei, só de cueca, no colchão, ele deitou também. Eu ainda perguntei:

— Não é melhor *cê* dormir na sua cama? Se alguém abre a porta vai achar esquisito a gente dormir aqui com a cama vazia.

Kim olhou pra mim, riu e disse:

— É mesmo.

Fiquei sem saber se ele fez aquilo de ironia, se ainda estava bêbado ou tentando intencionalmente algo.

*****

No dia seguinte clareei a mente e entendi que tinha de descontinuar aquela história com meu primo ali mesmo. Farejava a encrenca. E o fato de Patrícia morar no Rio regou minha mente pré-disposta a sinais secretos.

Patrícia ligou para a casa de Kim para falar comigo. Quem de nós lhe dera o número do telefone?

— Espero que o Kim não tenha ficado com ciúmes, falei tão rapidinho com ele — veio aquela voz semi-rascante do outro lado da linha. — Mas é que eu *tô* embarcando de volta pro Rio e não quero te perder de vista. Anota meu telefone e me liga assim que você chegar: dois...

Anotei, mas minha mente estava mais perto da minha genética do que da minha imagética do outro lado do espelho.

Kim e eu conversamos muito sobre sexo no dia seguinte à experiência a três com Patrícia. Não havia mais por onde nutrir grandes pudores. Isso foi logo antes da minha viagem de volta. Eu havia terminado de fazer a mala. Kim veio da cozinha com uma xícara de chá verde e trancou a porta do quarto. Abraçou-me sem dizer nada, pegou minha cabeça com as mãos e me beijou na boca. Foi uma surpresa esperada, nutrida, acalentada no fundo do meu mar. Foi como mergulhar em um lago escondido no coração da floresta. Nossa saliva tinha o mesmo gosto.

Terminado o beijo que me varreu por cima de nuvens e atmosferas incógnitas, ele me soltou, destrancou a porta e saiu. Então pôs-se a ficar placidamente junto com a família, me esperando para as últimas despedidas na sala de estar.

No avião, minha mente permaneceu estacionada no que houve, mascando o transtorno e saboreando a saliva.

"O coração não é o centro", uma voz me veio. "Está no lado esquerdo do corpo."

— Você e seu primo se deram muito bem, não é? — veio a voz da minha mãe na poltrona ao lado, quebrando a memória e a reforçando.

— É, ele é legal - fiz, displicente, perguntando-me se ela teria notado algo.

*****

30 de dezembro. Eu precisava ligar para Pedro, mas dedicava a meus neurônios desculpas esfarrapadas. Eu era puro receio e mera preocupação de como contar a Pedro o que me acontecera. Foi quase nada, só um beijo, mas o peso era de um algo enorme. Alguma coisa entrara em ação.

Eu ia pegar o telefone quando o aparelho soou. Era o Kim.

— E aí? Tudo bem?

— Legal, e você? — Eu queria dizer que estava com saudade dele, mas achei meloso. Optei por fazer a linha glacial-*maneiro*.

— Tudo tranquilo. — Ele fez uma pausa. — Meus pais ficaram muito contentes com essa visita de vocês.

— Bom, não posso responder pelos meus velhos, mas eu me diverti muito, *cê sabe*... — O tom sacana que eu usei na voz deixou no ar se eu me referia a nossa aventura a três ou ao beijo.

— Ué, você pode vir me visitar quando quiser, você é muito bem--vindo — ele continuou, e eu sabia que havia perigo naquelas palavras.

A sereia começava a entoar sua melodia tortuosa. Hora do navio se despedaçar nas pedras. Hora de morrer afogado e beber a melodia encantadora dos seres subaquáticos.

— É, eu *tô* de férias, acho que pode ser — mordi o anzol que eu mesmo joguei. Eu sabia que tudo isso partira de mim, o narcisista inconsciente.

Ficamos meia hora de papinho furado ao telefone. O amor, ou a sensação do amor, por assim dizer, era mesmo algo ridículo, uma doença de estupidificar mentes. E meu cérebro não aceitava chamar aquilo de amor, estava tudo tão mal explicado! Quantas perguntas precisavam de respostas antes de ser cabível chamar aquele beijo e aquela aventura erótica e aquela simpatia mútua de "amor"? Amor é uma palavra pesada, daquelas que se registram em cartório tirando três vias carimbadas. Amor é um tiro de canhão em um cenário de calma e desespero. Amor é o caralho. No caso, dois.

Continuava me *esquecendo* de ligar para Pedro. Mas como havíamos combinado de passar o Ano Novo juntos, não faltaria oportunidade para o meu *outing*.

*****

31 de dezembro. Chegar em Itacoatiara com o trânsito de humanos se deslocando para as festividades de Ano Novo não foi bolinho. Ah, mas chegar ao bairro era sempre um salto sonoro no silêncio das flores, das árvores e das rochas.

Após o protocolar baseado e algum papinho mais do mesmo, conduzi o glossário rumo aos acontecimentos recentes em São Paulo. Comecei contando da transa a três. Pedro gostava dessas coisas, e ficou entusiasmado por eu estar me desembaraçando sexualmente além do previsto.

Mas quando falei do beijo que Kim me deu, Pedro meio que engasgou. Conseguiu disfarçar razoavelmente ao perguntar em seguida, em estudada displicência, se eu havia gostado.

— Se eu gostei de beijar meu primo? — Tentei escolher as palavras para ser o mais sincero possível sem ser sincero demais. — Bom...

Suspirei. Que mancada.

— Eu sinto um negócio diferente e esquisito por ele. Não é como uma mulher, e a gente não transou. Foi só um beijo. Na transa a três a gente não se encostou, a gente só comeu a mesma mulher ao mesmo tempo. Inclusive eu devo encontrar com ela esses dias.

— Pra você — ele enfatizou — isso tudo é novidade mesmo, né?

Uma vez Pedro me contou que por duas vezes se deixara sorver por "bichas". Preferi não relembrar o episódio.

— Mas — continuei — o negócio é que eu *tô* com uma sensação diferente. Em relação ao Kim.

— Diferente do quê?

— Do que eu sinto por mulheres. Difícil explicar a diferença. Uma coisa meio ancestral. — O termo "ancestral" era recém-chegado ao meu vocabulário.

O movimento das sobrancelhas de Pedro indicou seu estranhamento.

— Tudo isso por causa de um beijo?

— *Tô* sendo sincero — apelei.

— Pra mim *cê tá* é arrumando um jeito de justificar a tua viadagem — Pedro pôs as cartas na mesa.

Não gostei.

— Foda-se. E viado é a puta que pariu! — Eu me levantei e fui para o quintal.

Pedro foi atrás. A cena era tão burlesca quanto qualquer briguinha de casal de novela das seis. Se eu quisesse mesmo ir embora, teria ido. Nós tínhamos a liberdade de mandar um "foda-se" para o outro sem realmente querer dizer isso, e querendo ao mesmo tempo, e tudo bem. Para determinados seres humanos, a liberdade de vomitar sua merda interior ocorre em casais que valorizam a intimidade de cagar de porta aberta.

Na verdade, parando para pensar, a mim, aquela dinâmica me intoxicava, enquanto Pedro era mais afeito e mais apropriado para esse padrão de relacionamento. Eu era feito de material mais delicado, nem tanto por fragilidade, mas por preguiça, desestímulo, cansaço. Tédio.

— Cara — Pedro colocou a mão no meu ombro.

Eu estava de costas e me virei. Ele enfiou as mãos nos bolsos da bermuda.

— Por mim *tá* tranquilo, você sabe que eu não tenho preconceito. Até já deixei umas bichas...

— Te pagar boquete — eu completei. — Já sei dessas histórias. Mas é aí que você se engana.

Ele me olhou com cara de interrogação e deu de ombros sem tirar as mãos dos bolsos.

— Não é assim. Primeiro que você está esquecendo que não rolou sexo entre mim e ele — eu disse.

— Verdade — Pedro concedeu. — Mas vai me dizer que você não quer que role?

— Não vou negar que quero. Mas isso não significa que eu vá gostar. — Fiz uma pausa e olhei para o chão. Então levantei o queixo, resoluto. — E se gostar, também, foda-se. Se eu quiser virar viado, viro mesmo. E daí?

— Faze o que tu queres há de ser tudo da Lei — Pedro disse, tirando as mãos dos bolsos e levantando os braços em gesto reverente. — Eu respeito isso. Pode contar comigo. Você sabe que o Aleister Crowley era a maior bichona, né?

— Não exagera...

— Tá, ele era putão, pegava mulher, pegava homem, comia, dava, fazia o *escambau*. Fazia a Vontade dele. Cada um que faça a sua. Eu só tive as experiências dos boquetes e nunca senti vontade de passar disso, mas se tiver vontade, deixo rolar.

Eu fiquei olhando para ele longamente. O silêncio foi um peteleco no sexto *chackra* de Pedro.

— Que foi? — ele enfim perguntou.

— Você se acha mesmo menos *viado* porque "deixou" um *viado* te chupar? — espetei, ciente da casa de marimbondo que estava cutucando.

Pedro fez uma expressão de revolta, defesa e espanto mixados em um mesmo suco.

— Hein? Como é que é?

— É isso aí — confirmei, e cruzei os braços, fitando-o como quem confronta.

— Eu não sou *viado*, porra! Não sou eu que beijo boca de macho! — O tom de sua voz era infantil, quase choroso.

Eu comecei a rir. As risadas se transformaram em gargalhadas. As gargalhadas, em histeria histriônica.

— Do que você *tá* rindo, seu merda? — Pedro estava começando a ficar sinceramente irritado.

Precisei de muito autocontrole para conter as gargalhadas.

— Você não se dá conta! É muito patético! — comecei.

— Patético o quê, caralho? — ele efervescia impaciência.

— Patético você achar que é menos viadagem "deixar" um cara te chupar! Porra, isso é uma relação homossexual! É ou não é?

Pedro grunhiu alguma coisa, quase engasgado.

— Leva a mal não, amigo — continuei. — Mas é só ler qualquer livro de educação sexual, a Escala de Kinsey.

A discussão não foi muito além. Acabamos mudando o foco do papo para teses de magia sexual. Pedro me deu uns textos sobre o assunto — como sempre, os conseguira com o pai. A maioria era de escritos do finado Darcy, instrutor do pai de Pedro na ordem iniciática da qual ele fizera parte. Também havia textos escritos por alguns de seus assistentes e estudantes. Eram produções rústicas, xerocadas, que me fascinavam em seu inusitado desvario lúcido. Darcy foi um dos mais queridos pupilos de Marcelo Moura — introdutor da filosofia de Thelema no Brasil, e que era, por sua vez, pupilo de Franz Voormann, que fora iniciado por Aleister Crowley em pessoa. Quer dizer, Darcy tinha *linhagem*. Fora instrutor de Raul Seixas e Paulo Coelho, entre outros. De acordo com Pedro, ele se referia a Raul com carinho e amizade, mas calava-se quanto ao outro. Quando Darcy morreu Pedro ainda era criança. Pedro não o conhecera pessoalmente, mas era como se tivesse conhecido, de tanto que o pai falava do mestre. A maior parte das histórias que Pedro contava sobre *Magick* era de segunda-mão, transmitidas pelo pai.

Sim, o sexo. O sexo? Patrícia era uma excelente taça. Os pais dela estavam fora, o namorado também estava viajando —comissário de bordo, coitado — então o apartamento virou cenário de nosso filme pornô. Degustei-a entre as pernas como quem massageia, aquela doce agonia na extremidade do pinto, o mundo reduzido à cabeça do meu pinto, massageada por aquela vulva de relva macia, cheirosa como framboesas orvalhadas.

Eu sentia um tesão especial na perversão de ser aquele com quem Patricia traía o namorado.

Enquanto isso, o não-esquecimento daquele beijo me corroia por dentro, por fora, em toda parte.

*****

2 de janeiro de 1986. O ano em que completei dezoito anos de idade.

Na tentativa de engaiolar o tempo real e o tempo inventado, surgiu a oportunidade de Kim passar uns dias no Rio com os tios e o primo. Em perfeito *timing*, Patrícia estaria em uma fase de dedicação ao namorado enfim ancorado em terra firme.

Parecia-me às vezes mais fácil voltar meu foco para a tragédia pessoal do momento: encarar o vestibular. Hoje vejo que isto era uma tentativa inconsciente de trocar de tragédia, ou de manter a tragédia educacional como a única tragédia, ou pelo menos como a maior. Farejava chumbo grosso no ar, isso sim. Sentia no solo a vibração da cavalaria distante mas certeira que vinha em direção a mim. Eu tinha pânico só de pensar em escola, mas as costuras futuras do tempo fendido me garantiram um prato de tragédia fresca, microorganismos pululando em festa setembrina. Vejo poesia em tudo agora. De onde estou é fácil.

Abri as cartas de tarô na tentativa de vislumbrar como 1986 seria para mim. Sei que a reverência que eu devotava ao gesto era pueril. Mesmo assim, procurava preservar o mínimo de ceticismo necessário para guardar o bom senso. Bem que eu gostaria de entender um pouquinho que fosse sobre bom senso.

Eu gostava do jogo das 11 cartas, uma das variações de um modelo de leitura chamado Cruz Céltica. O conceito do número 11 me atraiu desde que comecei a consumir textos sobre magia, esoterismo e simbolismo. A atração aumentou quando eu soube da associação entre o número 11 e Nuit. A alcunha de "número do Excesso" também não me desagradava, antes o contrário: um número de amplitude. Não era liberdade o que eu buscava? Então, toma!

Aquele baralho específico quem me deu foi o Pedro — quem mais? Tarô de Thoth, claro. Desenhado por Frieda Harris de acordo com as orientações de Crowley. Antes de adotar este tarô, passei um bom tempo usando o Tarô Mitológico, que servia perfeitamente ao meu senso estético — a Grécia Antiga sempre me acendeu a imaginação. Também tinha e usava, ocasionalmente, o Tarô de Marselha: apreciava aquela estética medieval rústica que se me escorregava subconsciente adentro. O Tarô de Thoth me assustava um pouco, e por isso mesmo o usei naquele momento. Eu estava assustado. Algo ou eu mesmo, seja lá o que for, me levava ao topo do tsunami mordente, paredes de água abraçando e afogando em deliciosa maciez amniótica.

Realizei o Ritual Menor do Pentagrama e tracei um círculo antes de consultar o oráculo. Senti as asas batendo, eram minhas e agora não mais de morcego, nem de libélula. Eram transparentes, asas etéreas. Senti minha mão sendo conduzida pelo vento do fogo para alcançar os grifos de minha estrada, os cartazes da minha senda. Eu não tinha fé, só expectativa e curiosidade.

A primeira carta, que indicava minha situação presente, era o arcano 6, Os Amantes. Eu teria de escolher entre um dos caminhos apresentados: o de Lilith ou o de Eva; o da mulher voluptuosa ou o da mulher pudica. A mulher rebelde e a obediente, o certo e o errado, a escuridão e a luz. Queria ambos. Era irresoluto. Eu era o Eremita por detrás de tudo.

A segunda carta era um muro, uma restrição, algo a impedir a manifestação da primeira. 10 de Espadas. As pinturas de Frieda Harris desvelavam mundos paralelos como nada jamais. Contemplar a imagem 10 de Espadas do baralho de Thoth bastava para entender do que se tratava o arcano. Dor, tristeza, insegurança. Sofrimento. Eu temia o aparecimento deste arcano, e lá estava ele, exatamente devido ao meu medo, a real presença do meu medo de ter medo.

A terceira carta representava minha Vontade Consciente, e veio como Princesa de Ouros, mostrando meu desejo por um tipo de mulher: jovem, às vezes rica, sedutora, mas sem alma.

A quarta posição no jogo era a da Vontade Subconsciente, e a minha era o Príncipe de Copas. *Touché*!

A quinta carta era o meu passado recente, que se apresentou na forma de uma Rainha de Espadas, arcano que me soava a decapitação.

A sexta era meu futuro próximo, Três de Copas, encantamento puro, no sentido triangular (idéia que me era cada vez mais agradável, a manutenção do *ménage a trois*).

Já a sétima carta retratava minha reação às coisas e fatos, e me veio como o arcano 11, Luxúria.

A próxima posição representava o ambiente em que me encontrava, e nela estava A Lua: entendi que eu devia tratar de ser mais cuidadoso.

A nona carta era o desejo oculto, Seis de Copas. Romance.

A décima carta era o enigma do assim-chamado "futuro": O Sol.

A última carta estava na posição do elemento imprevisível: A Torre.

O raio que acerta a torre foi a visão em minha mente pelo resto do dia.

*****

Encontrar Patrícia de novo era cuspir labaredas na borda do vulcão. As areias da Praia de Ipanema sentiram o peso dos nossos pés, mas logo fomos transar na minha casa. Não tínhamos realmente muito a trocar senão sexo e fluidos. Nossa linguagem era só corpo.

Ela me parecia sábia de um modo estranho. Afetivamente superficial, mentalmente aguçada. Talvez sua inteligência fosse reflexo da sua frieza. Sua nuca de menininho não desviava as curvas da bunda arredondada, mas eu era mais fã da sua caverna cingida por bosques quase arruivados. É, Patrícia queria sexo anal. Não seria sacrifício nenhum para o meu animadíssimo pinto, devidamente edificado ao Entardecer do Verão no Rio.

Entre ofegos e fluidos, uma farta amostra de cores servia de cenário de fundo para a imagem central nas minhas retinas: meu pinto entrando lentamente no solo da menina, parecia uma árvore cruzando a terra, se enraizando para produzir frutos: "*qlipoth*", soou uma voz qualquer no fundo do meu cérebro. Patrícia soltou um gritinho sutil. Meu pinto estava lá, dentro e fora, ocupando o fundo das Conchas de suas conchas, sacudindo e sugando o reverso de tudo, nada é real, tudo permitido. Tentei esticar o momento o quanto pude. Porra. Senti meu pinto tumefeito se afogando em sangue. Senti meus olhos explodindo através dos ovos. Parei. Queria de novo. Peguei-a como um brinquedo — ela era tão leve! — e comecei a incursão pela frente. Camisinha? Essa era uma lição para jamais aprender, eu me recusava a assimilar a realidade do vírus à solta. Patricia não se manifestava quanto a isso, era um não-assunto.

Parei e quis beber sua doçura temperada. Era saborosa, sua lua de mel como *Juppiter* no firmamento. Assim, com "pp" mesmo, pode conferir. Comecei a vibrar a palavra *Thelema* a partir do meio da transa, mantendo a concentração com enorme dificuldade no cume do ápice. Era a primeira vez que tentava algo assim, impossível alcançar a perfeição logo de cara. Não obstante, senti flechas ardidas me atravessando os pulmões e braços, como a assunção e redenção de uma possibilidade desconhecida. O nome da cor não estava na minha mente, mas eu sentia a cor nos meus braços e veias. Por uma fração de segundo viajei para um lugar ignoto, e voltei. Era um ambiente aberto, mas a atmosfera de nuvens contribuiu para a sensação de útero que queima — estranha percepção para uma noite praiana. Intrigou-me: como poderia o escuro lembrar o fogo e a umidade estar ligada ao seco e a amplitude ser assimilada como um útero-gaiola?

Seca e quente, Patrícia era um dente de fogo. Eu, eu tinha nada menos que praticado meu primeiro ritual de magia sexual Gamma, e inadvertidamente para caralho.

*****

Atolados de trabalho como de costume, meus pais mandaram a letra:

— Você acha que seu primo se chateia se só você for buscá-lo no aeroporto? — preocupou-se rapidamente minha mãe.

Eu fui.

Quando o abracei, senti uma falta de Patrícia que era simultaneamente alívio e saudade. A gengiva rosada de Kim me encantava, parecia um algodão doce que eu queria sorver até a diabete fatal. O aeroporto pareceu-me especialmente metálico, refrigerado e asséptico. Eu era como uma bactéria sem tentáculos.

Chegamos em casa por volta das três da tarde. Entramos no meu quarto e tranquei a porta.

As paredes estavam líquidas e ligeiramente trêmulas. Desde que gozei vibrando *Thelema* na tela da minha mente que as coisas estavam levemente alteradas. Era como se eu tivesse fumado um baseado muito bom mas levemente sintético, que agia na penumbra da pálpebra como uma onda de sintetizador prog-rock que se contorce na superfície dos seres e dos objetos, emprestando-lhes um brilho fosco e branco e alterando-lhes a velocidade de modo ocasional, acelerando e desacelerando muito rapidamente de modo a deslocar tudo na fronteira do imperceptível. Eu nem estava fumando nada, não podia culpar nenhuma substância por este estado mental e sensorial, apenas aceitar que era isso que estava acontecendo. E presumir que era resultado da magia erótica que eu havia derramado em Yesod. O mundo das ideias fervilhava de Vontade, vermelho e branco e azul e preto, negro, escuro. Uma sopa cósmica de intenções que se refletia em meus sentidos.

Meu objetivo e desejo revelou-se como nada menos que beijar Nuit através do corpo do Kim. Um sacrifício virginal a Ela. Ao menos para certas coisas, ele ainda era virgem — isso se não fosse um mentiroso, o que é um direito humano inalienável.

Sentia-me meticulosamente calculista mas, ao mesmo tempo, derramado de amor e anseio.

Soltei o abraço.

— Fica à vontade — eu disse.

Acendi incenso de cedro. Meu trabalho era alcançar a Visão do Amor. Estava decidido.

Kim pôs a maleta no chão e sentou-se na cama. Eu me sentei ao lado dele, de frente, com a perna dobrada sobre o colchão. Trocamos um sorriso cúmplice e eu segurei a cabeça dele com as duas mãos, estiquei o pescoço e levei minha boca para junto da dele. Primeiro só encostei de leve e ficamos respirando juntos. Eu nunca tinha feito aquilo com ninguém, era muito estranho e tão bom que dava medo. Nossas respirações formavam um fluxo de dois rios que se encontram intensos, mas sem pororoca. Um encontro forte porém não brutal, havia uma violência controlada naquelas respirações que só quem sente sabe como é doce o fruto desse autocontrole — a decisão de optar pela gentileza e pela doçura e pelo romance e pela delicadeza quando se pode aniquilar e ferir e destruir e cuspir em cima e desprezar. A ausência de sensações negativas era tão intensa que o medo de sua presença já era uma aziaga anunciação.

A bandeira escura que me veio à mente foi iluminada a fórceps. Eu ia forçar essa maldita nuvem a parir o raio de sol que eu queria para servir de luminária e clarear e esclarecer todas as trevas e hesitações que pudessem me ocorrer agora, justo agora que eu sentia THELEMA vibrando na minha alma como um pandeiro de carnavalesco em pleno fevereiro.

Agora era hora de botar para foder, literalmente, com licença.

Kim não hesitou. Senti que ele estava disposto a pisar fundo no acelerador e desentendi a imagem em minha mente, pois não dirijo. Ele me abraçou com braços fortes como quem declara que pode tudo mas prefere não tentar. Estava evidente que eu devia conduzir aquela situação, eu que gostava de motorista, gostava de táxi, de ter alguém dirigindo para mim. Eu que não queria ser mandado, mas tampouco queria decidir rumos. Claro que eu mesmo era quem ia escorregar na perpendicular imprecisa de diferentes abismos como quem deseja provar o sabor das águas profundas por questão de vocação. Ele me abraçava e seu corpo me dizia tantas coisas que eu poderia pintar uma tela.

Não havia olho no olho, eram só beijos múltiplos e longos, e nossos braços envolvendo o corpo do outro. Até que eu tirei a camisa dele. Ele estava inerte como um vaticínio. Depois tirei a minha e o abracei. Senti sua pele no meu peito. Quente. Tão quente que eu quis sentir o gosto daquele calor — e era um gosto de pérola, o que achei interessante por pérolas serem frias — e minha língua era uma ostra molhada e vermelha que lhe sorvia lentamente o pescoço, o ombro e o peito.

— Vamos pro chuveiro? — eu disse, interrompendo o transe.

— Oi? — ele parecia preso no universo paralelo das sensações.

— Pro chuveiro. Eu e você. Vamos? — eu dei o sorriso mais sacana que tinha.

— Tua empregada...

— Esquece ela — interrompi. — Ela não tá nem aí. E ela não tem nada com isso.

Levantei da cama e estendi a mão para ele.

— Vamos. Lá dentro do banheiro tem toalha.

O chuveiro era nossa cachoeira e sofá de Oxum, tudo estava colorido de esmeraldas e seixos de água doce. Havia, entretanto, um traço de amarga tristeza, a noção do fim, ainda que desconhecido o começo.

Um sonho insustentável do qual se desperta cedo ou tarde.

Foi um transe. Saímos do chuveiro. Nos secamos desleixadamente. Abri os olhos, fechei os olhos, e lá estava ele deitado na minha cama, o corpo ainda úmido, os braços me envolvendo como árvores de escuridão interna. Eu sei que devia fingir que não éramos o brinquedo um do outro, mas éramos — este era o jogo falso. Sabia que devia jogá-lo enquanto pudesse, se realmente quisesse.

Queria.

Mergulho após mergulho, sua boca era a caverna da minha solidão, onde eu matava esta solidão mergulhando-a em suave saliva.

*****

Vivíamos em mundos veementemente distintos e estávamos curiosos para descobrir essas diferenças entre iguais. Ou talvez só eu tivesse curiosidade por seu universo, que me parecia interessantemente simplório. Kim não desmaiava de interesse por temas como Magia do Caos, magia sexual, *Thelema*, Ritual do Pentagrama, essas coisas que vinham me colonizando a mente como sequências de acontecimentos inexplicáveis. Eu queria conversar com ele sobre a trindade Nuit/Hadit/Ra-Hoor-Khuit, mas comecei a me sentir uma Testemunha de JeoCrowley e resolvi tomar outro rumo. Autocrítica é tudo que resta quando a pessoa não tem referências externas. E eu, por minha vez, não me entusiasmava em discutir informática ou exercícios físicos. A conexão entre nós dois era diretamente líquida, flechava com mira certa no plano afetivo, florescia e fluía em *Netzach*. Tinha a música também, que era outra ponte com tubulações plantadas em ambos os lados de nós dois.

O sexo que enfim fizemos foi pleno e incompleto: não direi que foi *apenas* masturbação mútua debaixo da água morna do chuveiro, porque "apenas" é um termo restritivo, que constrói fronteiras, muros de contenção, e o ocorrido foi o oposto da restrição, o antônimo da demarcação, o contrário da limitação: o que sentimos — o que eu senti — foi o império dos sentidos sob as águas cálidas de uma cachoeira atemporal de claro cloro cunhando coros pelos canais, escorrendo por entre espermatozóides lançados no (tudo ou) nada. Beijos no andar de cima, mãos inquietas no primeiro andar — no térreo, azulejos molhados de água encanada e sêmen.

Mais tarde, em momento de placidez pós-nirvana sensorial, jantamos com meus pais como se nada de muito dessemelhante tivesse acontecido. Talvez a dessemelhança estivesse na régua que define meus contornos, sim?

Depois, por volta de meia-noite e meia, meus pais já dormiam quando saímos de casa. Destino: o Crepúsculo de Cubatão, que podia ser descrito como um pedaço de São Paulo imitando uma Londres pós-punk com atraso de quase uma década instalado em plena Princesinha do Mar. Nada no clube gótico pansexual poderia se encaixar na definição clássica do que é ser carioca. Os moradores do Bairro Peixoto já estavam familiarizados com aquela tribo sorumbática, e era de conhecimento geral que havia um rígido *dress code* para entrar no clube. A *hostess* Norma, ladeada por seguranças de concreto, decidia quem entrava tomando por base o visual, o instinto ou a mera carteirada: o clube era de fato um *clube*, com direito a sócios e carteirinha, por isso podia se dar ao luxo de selecionar fregueses.

— Dizem que um dos donos do Crepúsculo é o Ronald Biggs, aquele ladrão inglês do trem pagador, sabe? — eu disse enquanto caminhávamos pela Rua Barata Ribeiro.

— Ouvi falar — Kim respondeu. — Do ladrão, quero dizer. O Crepúsculo mesmo eu não sabia que existia.

— É uma coisa local. Muita gente não conhece. Eu conheço porque moro no bairro e curto caminhar de noite e comecei a reparar no movimento de uma galera esquisita na Barata Ribeiro, depois da Santa Clara.

— Santa Clara? — Kim fez cara de interrogação.

— É uma rua transversal logo antes do Crepúsculo — esclareci. — Bom, como eu te disse lá em casa, vamos torcer para entrar, porque a mulher da portaria tem que ir com a tua cara e achar tua roupa adequada.

Kim revirou os olhos.

— Puta burguesada isso, hein, meu? Te contar... Imagina se em São Paulo rola uma merda dessas — ele reclamou, sem faltar com a verdade, bairrismos à parte.

Estávamos ambos de preto, nada muito diferente do que vestimos para ir à danceteria em São Paulo, mas a tensão do julgamento estético à porta do clube fez com que nos sentíssemos folclóricos. Olha só, eu já respondendo pelos dois, isso é autoritarismo? *Eu* estava me sentindo folclórico, apesar da banalidade dos trajes: Kim de calça jeans preta, camiseta de banda (Olho Seco) e coturno de couro preto. Eu de calça jeans rasgada na coxa (folclórico), camisa de cetim preto com gola de padre totalmente abotoada (todo um tratado antropológico) e tênis Converse preto (normalzinho, seria ok?). Havia uma pequena aglomeração onde deveria haver uma fila perto da *petit* Norma: branca, magra, cabelos tingidos de rosa, sentada em uma cadeira alta de madeira pintada de preto e, como rezava a lenda, ladeada por dois armários (que trajavam ternos pretos com camisas e gravatas pretas). Alguns ela recebia com beijinhos e abraços, outros ganhavam um aceno positivo de cabeça com a pergunta “qual seu nome”, e nesse caso ela escrevia o nome da pessoa na comanda de consumo que deveria ser paga na saída. Os demais ela apenas ignorava.

Atendemos ao *dress code*, ela até ameaçou sorrir ao nos ver. Preciso relembrar os eventos com menos mercúrio nas vísceras, preciso adoçar a lembrança, preciso fazer graças bobas e contar piadas estúpidas, porque a calamidade se aproxima mais e mais. Estamos agora gestando o cataclismo em nossos ventres ausentes, eu e Kim. Estávamos.

Após a entrada havia uma sala com bar e sofás, tudo em preto e vermelho. Ao fundo ficavam os banheiros, e no subsolo, a pista de dança.

— Caralho — comentou Kim no meu ouvido, com cara de nojo. — Não acredito que a pista de dança fica debaixo dos canos de esgoto. Já pensou se um deles estoura?

Adiante, já no cu da madrugada, eu e ele arriscávamos uns beijos na liberdade do escuro *underground* quando vi Pedro descendo as escadas rumo à pista de dança. Estava louco de pó e birita, saquei de longe. Com uma garota a tiracolo, literalmente — o jeito que ele a agarrava, coitada, parecia quase uma mochila.

Não demorou para ele me ver e vir me cumprimentar, não sem antes se desvencilhar da menina que o acompanhava. Nem consegui ver a cara da garota direito. Meu amigo tinha determinado jeitinho de tratar mulheres, e sempre imaginei com quem teria aprendido a agir assim — com os pais é que não foi.

A expressão na cara do meu amigo de infância era de uma sutilíssima ironia que só eu e ele percebíamos. Espero.

Apresentei-o a Kim.

— Ouvi falar muito de você — disse Pedro, significativo.

— É mesmo? — Kim respondeu, reativo e claramente desconfortável. Pareceu questionar mentalmente o que teria eu dito àquele sujeito jocoso. Curiosamente, eu havia conversado com Kim sobre várias coisas e atividades da minha vida, mas pouco ou nada falara sobre Pedro. Era tamanho encantamento entorpecido que habitávamos, eu e meu primo, quando juntos, que nacos essenciais das estruturas deixavam de existir momentaneamente, mas permanecendo vivos, já que nossa vibração não era uma vibração de morte e sim de florescimento — era isso que eu sinceramente acreditava até então.

— É — Pedro riu de maneira nervosinha-coca-pó-atchim. Mas em seguida sorriu diferente, daquela maneira simpática e amável que podia cativar.

— Ele é um amigão meu — eu disse para Kim — apesar da cara de panaca.

— A gente tem nossos dias... e nossas noites. Não é, Ricardo? Aliás, esta é Samira — ele disse, e vi que a menina que o acompanhava havia se aproximado de nós. Fungava. Mais não sei, estava escuro.

— Oi, Samira, tudo bom? — dois beijinhos e tudo mais.

*****

Levantamos por volta das 11 do domingo, sem qualquer traço de ressaca, apesar da sede colossal e da fome bíblica.

Shaitan presente em minha mente — aquele que acusa, aquele que aponta. Uma voz dizia-me com silêncios, "e se alguém descobrir?", alimentando minha natural desconfiança conspiratória. Meus olhos e as vírgulas são terríveis delatores de mistérios.

Eu queria sofreguidão, ofegos, sangue, sêmen, morte, renascimento, assassinato, suicídio, dor, êxtase, gritos, sussurros, congelamento e carbonização. Eu queria escapar daquela mediocridade, eu queria que tudo que eu temo e anseio simplesmente acontecesse de uma vez para acabar com aquela expectativa doentia, aquela impaciência de lentidão, aquela velocidade de pedra. As nuvens me pesavam nos ombros, os lagartos me escalavam a coluna, e eu não conseguia me livrar desse desassossego. Uma ruptura era necessária, urgente, imperativa. E eu ia provocar essa ruptura se ela não acontecesse por bem. A verdade é que as coisas sempre acontecem por mal, o mal impera. A lei é do mais forte, a história quem conta é o vencedor.

O caos ri.

Eu estava perdendo a conexão com o meu ponto de partida. Minha cara de água sanitária se dissolvia mais e mais cada vez que eu me olhava no espelho de manhã para escovar os dentes. Das minhas orelhas voavam borboletas azuis de desespero, roxas de agonia e vermelhas de desejo. Mas eu não fazia nada. A ação me paralisava e eu ficava esperando acontecer, mas na antessala do acontecimento todas as revistas são velhas: a gente se sente no consultório do dentista. Esperando a morte como quem espera por um tratamento de canal.

Melhor mudar de canal e tentar a comunicação vulgar. Até quando eu aguentar.

Enquanto isso, não obstante, a realidade *mágicka* do mundo das ideias bordava estratégias para realizar minhas expectativas. Se bem que agora eu me questiono quão pretensioso da minha parte tinha sido a expectativa de alterar o caos da diabólica Natureza. Se a Natureza é o Diabo, como todos sabem, pretendia eu o quê, comandar o Diabo ao afetar a natureza? Francamente!

Fiquei com essas divagações na cabeça antes de pegar no sono, e ao acordar tive a lembrança de uma ilusão, um sonho-acordado, não sei direito o que foi aquilo. Como eu já disse, depois de ver uma Mulher Noturna dançando na taça de bebida, nada mais me parecia absurdo ou desencaixado. O desencaixe era meu, era eu. Só sei que no meio da noite acordei, ou achei que acordei, e vi Kim no banheiro, imerso em sangue virgem e não-exposto, caído. Uma baba sanguinolenta em um assombroso *flash*. Fechei os olhos de modo teatral e os abri de novo, e lá estava Kim dormindo no colchão ao meu lado. Tranquilo. Voltei a dormir e depois acordei tão faminto que os ovos mexidos e o pão e o queijo e o café me fizeram esquecer a má visão.

Também os olhos do Kim.

Mas o fato é que tinha algo de estranho no ar. Como lama no leite.

*****

Janeiro terminou sem eu ver Patrícia, que passou a maior parte do tempo em Angra com o namorado. Como um barco faltando azul, sonhei com ela, babando tesão pela glande. Não que eu deixasse de apreciar a precisa conveniência de sua ausência perante a presença de Kim, mas ainda me habitavam as marcas da nossa última transa. Eu sentia uma enorme pontada de culpa no pulmão quando pensava nessas coisas tendo Kim ao lado, até que percebi como isso representava a fidelidade que eu me impunha em se tratando do Kim. Patrícia não me inspirava o mesmo respeito — entre mim e ela era só pornô, isso já estava bem definido na minha agenda.

Eu estava enlouquecendo, sim, era isso. A loucura era um fio palpável de saliva de aranha que me revestia a mente em atitude paulatina, constante.

*****

Passar o Carnaval na alegórica São Tomé das Letras, Minas Gerais. A ideia me jorrou sangue nos sonhos, sangue de sede carnívora, um instinto de predador, uma ênfase que berrava ser aquele o rumo a tomar para acabar com o tédio que me manchava as fronhas todas.

Kim ficava no Rio até o fim do mês, de modo que procuramos não pensar na data e tentar aproveitar aquilo que já estava se transformando em nossa temporária rotina.

A pousada em que ficamos era modesta. O quarto tinha duas camas de solteiro e paredes verdes. Estávamos com os corpos enlaçados em uma das camas, minha cabeça no peito dele, escutando a batida do seu coração, enquanto ele cavalgava seus dedos pela minha sétima igreja. Foi quando ele rompeu o silêncio da Cidade das Pedras.

— Tive um sonho a noite passada — disse Kim. — Tinha uma mulher bonita, vestida com um manto, tipo um sobretudo preto cheio de umas estrelinhas, e ela me disse uma coisa estranha, esquisita.

— O quê?

— Que você só pode aprender o que precisa aprender se eu ficar longe de você.

Levantei a cabeça.

— Como é que é?

Kim se assustou um pouco com minha reação — ou seria com o que ele mesmo havia dito?

Instaurou-se uma peculiar flutuação que nos tomou.

— Deixa pra lá, Ricardo, esquece, é só um sonho — ele desfez, sorrindo sem cor.

— Mas *deve* significar algo.

Imediatamente reconheci Nuit como a mulher vestida de negro e estrelas. Mas não adiantaria explicar nada disso para o Kim, seria o mesmo que falar búlgaro.

— Não necessariamente.

— É, não necessariamente — concedi. — Mas, seja o que for, é só que eu não quero me afastar de você.

— Ricardo, *cê tá* sabendo que eu tenho que voltar daqui a duas semanas, *né*?

— Eu sei.

Ele o adulto, eu a criança, agora.

*****

São Thomé das Letras era uma cidade lindamente destruída. Um cenário de caos e pó. A economia da cidade era baseada no turismo e no comércio de suas famosas pedras típicas, que eram vendidas a preço bem barato para uso em construções, souvenires etc. A cidade rapidamente se transformava em grandes clarões de buracos.

Estávamos em uma Terra Vazia e Seca. Uma terra de nunca, de envelhecimento veloz. O vento frio e o clima infrutífero transformavam a pele dos locais em papel crepom. Não havia traço de Carnaval em São Thomé, o que estimulou meu bom humor, dava quase para gostar dos hippies que empestavam o local.

Havia outro motivo para estar naquela cidade, além das cachoeiras e das pedras: a fama de lugar sobrenatural, que foi rapidamente confirmada pelo ar rarefeito de qualidade definida e pelos cogumelos. Era preciso procurar os que nascem na merda do zebu, sem esquecer de checar se há um anel negro no talo, e então quebrar este talo. O bom cogumelo é aquele cujo interior fica azul em contato com o ar.

No pasto conhecemos uns loucos que comeram os cogumelos logo que os acharam, mas eu não queria ser habitado por uma serpente-verme, muito obrigado. Não foi fácil, mas após pastar algum tempo, achamos. Tudo que tínhamos de fazer então era ferver os bichinhos por no mínimo trinta minutos e beber o caldo de sabor feiíssimo. Leváramos um fogareiro especialmente adquirido para este fim. A pousada em que estávamos permitia cozinhar, e os donos *ripongas* faziam vista grossa quando alguém queria cozinhar cogumelos, contanto que incensos fossem acesos para desvirtuar o aroma fecal que absorvia os arredores durante a fervura.

Após pronto, o negócio mais parecia um suco de esgoto com terra e organismos vários. Não há palavras que definam a consternação das papilas gustativas.

Kim e eu fomos para o quarto. Quarenta e cinco minutos depois de beber o chá não sentimos muita coisa a não ser nossos estômagos revirados pela gosma turva. Até que de repente comecei a ver um tecido verde delicado a tudo cobrindo com transparência. O ar ficou colorido, um verde-floresta desmaiado como a regurgitação de toda a grama pela vaca transformada em merda para enfim dar à luz da manhã essa substância de sonho, o fruto dos primeiros raios.

Era uma corrente natural, e a clorofila estava por toda parte. Kim ficou bem, vestido de grama e plantas. A coceira em minhas pernas me fez flutuar uns poucos centímetros acima da cama. Levantei para sentir meus pés e tive um voo de tempo. Sem peso, sem volume, mas ainda assim a grande presença da matéria-em-si. Tudo era ótima desculpa para que aflorassem gargalhadas, mas não estávamos chapados como de fumo: nossas mentes se encontravam no cosmo de idéias construído entre paredes de um quarto de pousada, no alto da Cidade das Pedras. Lapsos de tempo boiavam nos mares do quando.

As fissuras na parede se transformaram em passagens secretas para universos paralelos, a face mais verdadeira das coisas ascendendo e ascendendo. O pequeno gnomo que vive dentro do relógio de plástico na cabeceira agora visível, a ondulação na toalha feita artesanalmente na mesa lembrando navios, e os navios transformaram-se em conchas douradas nos conduzindo ao Palácio do Imperador.

Viajávamos na mesma onda, eu e Kim: os cogumelos de alguma forma nos conduziram ao mesmo jogo mental.

Quando percebemos, a infelicidade tinha ido embora. Tudo era luz, a brisa suave vinda da janela soprava bafos de noturnas flores juvenis. Os degraus de nossa escadaria para a benção eram feitos de batatas *chip* — batatas, raízes, isso é o que são, ainda que ascendêssemos à Terra de Sonhos — ou talvez escalássemos Abismo abaixo. As longas escadas nos guiaram primeiro ao fundo, e então uma curva sinuosa terminou nas Alturas. Descemos e percebemos primeiro uns poucos, e depois numerosos, archotes com suas luzes amareladas. Não havia medo ou ameaça, só devir. No fim de tudo, havia um homem branco e careca segurando com sua mão esquerda um livro negro aberto, oferecendo-o a mim — mas não a Kim. À minha direita, vi uma cruz no chão, resplandecendo e piscando como uma pista de dança. Peguei o livro e abracei o mago, sussurrando algo em sua orelha; o mago riu, beijou minha bochecha e fez um sinal para que seguisse, indiferente a Kim.

Foi uma coisa súbita quando escalávamos nosso caminho de volta: mulheres hiper-envolventes nos sorriram com suas gengivas sangrentas, suas bocetas ágeis como bocas, e nos envolveram e abraçaram. Kim horrorizou-se em um fraco abrigo de surpresa, e parou, mas fui em frente. Fiquei mais perto de uma delas, a de pele branco-fluorescente, e lambi o sangue de suas gengivas. Era um sangue de amoras amassadas, quase escuro. Ao abraçar a mulher, percebi o gosto fogaréu de sua pele, e ao sugar seus seios senti mais uma vez o sabor de sangue me alimentar.

Então olhei para trás. Kim estava sentado, abraçando as pernas e olhando além. Parecia tão frágil em seus músculos que então me dei conta que faria qualquer coisa para preenchê-lo. Pagaria o preço de mantê-lo para mim — e sabia muito bem que a figura de nossos pensamentos durante o orgasmo seria virtualmente cristalizada nos arquivos acásicos. Eu queria evidenciar a todos os Deuses a minha intenção, o meu destino. Estar com Kim a meu lado.

Então, ao gozar naquela boceta de imaginação, nuvens e ilusão, declarei essa visão em minha mente com intenção. Entretanto, no último segundo a lembrança da foda com Patrícia se misturou ao meu amoroso desejo e à luxúria dos terminais nervosos da cabeça do pau.

Após uma meia-neblina que insinuou o esquecimento do que ocorrera nas profundezas de delícias e apreensão, o sol foi visto de novo à distância na superfície que, quando pisada por pés descalços, mostrara-se úmida — a grama noturna não mais.

Lilith, a Puta dos Éons, chamada de demônio primevo, entrou em minha mente e lembrei quando asas de morcego — talvez pterodátilo — me cresceram às omoplatas; e lembrei de como ela sugava minha língua em beijo de invasão.

Eu e Kim caminhamos na grama molhada, sentindo os raios primeiros reconfortando nossas peles já tão secas pelo frio cortante. Os degraus eram então um pequeno caminho conduzindo-nos a um jardim japonês. Mergulhamos nossas caras no laguinho de peixes vermelhos, os olhos bem abertos, o sub aquático de plantas dizendo alô, as ondinas revirando-se em pequenez.

Continuamos caminhando, sem hesitar perante as escadas transparentes de nuvens: guiavam-nos. Nós, os desconhecidos. Aos altos vapores nas narinas da grande e Intangível Deidade. Uma mistura de símbolos foi construída em nossas mentes: o primeiro passo no éter tinha pentagramas em fogo por todos os lados; então vieram uns anjos, belos seres com rosto de adolescente, de asas brancas e chifres.

Na Grande Porta da Cidade Flutuante, o bloqueio foi quebrado por dois anjos de pele escura como chocolate, lábios carnudos e chifres negros retorcidos que guardaram suas espadas flamejantes por um minuto.

Precisamente neste momento senti um disparate no estômago e corri ao banheiro para vomitar larvas, cobras, vermes e sapos. Quanto mais vomitava, mais enojado ficava, o que me fazia vomitar ainda mais — um círculo de vômito. Pensei que a coisa tinha terminado após tudo isso, mas não foi o que ocorreu. O descaminho na verdade aumentou. Por sua vez, Kim era o perfeito zumbi sem cérebro que por dentro entrava em diferentes gavetas.

*****

A primeira visão por assim dizer lúcida que tive foi a escuridão da Coca-Cola que bebia no bar em que afinal paramos. Não me lembro quando ou como saímos do quarto na pousada, mas eu então ainda me detinha nas visões dos buracos na pele do garçom, sua cara rústica me parecendo um solo de vermes e plantas. Bebemos e sentimos como se séculos tivessem passado por nós feito cavalos distantes na paisagem rural. A noite caía sobre nossas cabeças e o garçom nos lembrou que não podíamos perder o visual no alto da Pirâmide.

Caminhamos até lá. "Visual" era ótimo. De dia, devia ser um visual e tanto, mas à noite víamos o nada e tomávamos cuidado para não pisar no vazio e morrer alturas abaixo.

As energias telúricas eram como um telegrama nas veias. Chovia lá embaixo na cidadezinha, estávamos mais altos que as nuvens, aquelas nuvens que choviam sob nossos pés.

Olhamos um pro outro, e era como a primeira vez. Víamos com nitidez partículas de hieróglifos em nossas atmosferas. E percebi também aquela nuance feminina no olhar de Kim; sutil brilho nunca antes na noite nuviosa — mal se enxergava um palmo à frente do queixo. Mas como não sentir aquele toque de mãos femininas como torturada seda?

Apenas as estrelas estavam à vista, flutuando no escuro como móbiles. Ainda assim, eu podia ver os músculos de Kim respirando sob a camiseta — fazia frio, mas para um paulista aquilo talvez fosse puro verão. Ou quem sabe a flama o consumia nas entranhas.

Todas as pessoas à nossa volta viajavam alto e muito, e seus uivos para a lua soavam petrificantes, ainda que musicais. Alguns cantavam canções atemporais.

Beijamo-nos no escuro ao som de uma música cafona que alguém resolvera bradar ao violão, e a língua dele ganhou uma bifurcação serpentífera, coisa de réptil. Escutava os uivos dos lunáticos, e sentia seus caninos cortantes sugando minha língua com tanto afã que nossa saliva virou sangue. Suguei de volta, vinho de sangue, aromas borboleteando no rio de lábios e flutuação.

Aquele beijo me sufocou. Era um beijo de uma felicidade amarga nas nuvens temperamentais de um céu perigoso.

Kim olhou para mim vendo-me dois, ainda que eu fosse nenhum. Mostrando-me uma luz que não era, sua face sorriu pra mim com dentes vermelhos: senti seu esvoaçar e tentei não demonstrar.

Havia um pólo em seus olhos.

Ouvi o ruflar de asas, fiquei tonto, mas ninguém diria. Kim cantarolava um cântico, um mantra, um resquício do Mundo Sombrio que apagou a cantoria cafona. Peixes no vento me aterrorizavam a alma.

Acendi um cigarro e Kim pediu um também.

— Você não fuma — eu disse.

Ele pegou o cigarro dos meus lábios e eu vi duas figuras. Vi um velho indígena e também vi a mim mesmo com a cabeça no colo do antigo índio que tinha crateras no rosto como o garçom de pouco antes.

Quando a compreensão se esgarçou ao ponto do insuportável, persuadi meu primo a voltar para a cidadezinha. Kim concordou, insolentemente subserviente. Seus olhos cortavam ao ver. Caminhamos de volta por uma trilha de espelhinhos quebrados que um dia foram pedras da terra onde nada pinga. Senti a pressão esvaecer, mas a apimentada malícia da noite expandiu-se ao longo da madrugada que adentrava em horas.

Havia um bar chamado Woodstock, cheio de pôsteres de Led Zeppelin e Janis Joplin como que para justificar o nome. Sentados no bar bebericando refrigerante, notei um menino bonito e admirei sua beleza um tempinho, até que lembrei de Kim e tive medo que ele me visse filmando o garoto. Olhei para ele, que estava ele próprio a admirar o mesmo garoto, e senti ciúme verdejante.

Tinha um cara vestido de capeta nas imediações vendendo uma bebida que ele assegurava ser um *mix* de cachaça, chá de cogumelo, vodka e sabe o diabo o que mais.

*****

No dia seguinte fomos a diferentes cachoeiras, em uma necessidade inconsciente de nos lavar e purificar. Véu de Noiva era o nome da queda d'água que terminava em um poço de uns seis metros de profundidade.

Kim não era o mesmo; certa feminilidade perversa se apossara das maçãs de seu rosto desde que os cogumelos e o sexo nos conduziram a determinados pavilhões. Mas após mergulhar na piscina escura de água doce e gelada do Véu de Noiva, Kim emergiu novamente como meu primo de sempre. Tudo normal. Questionei até que ponto isso era bom.

Era triste deixar a Cidade das Pedras. Certos fragmentos nossos foram amputados e soterrados ali. E aquela estranha vibração nos seguindo por toda parte. Sentia uma certa vergonha, aquela de quem carrega a culpa, como se alguém fosse perceber a feitiçaria entrelaçada em nossas auras.

*****

Arrependimento?

*****

Sonho na noite pré-afastamento:

Sala de casa. Eu conversava com meu pai. Kim estava na janela respirando. A sala estava inundada com água até a cintura, um riacho de peixes coloridos, carpas de prata e azul real. Kim na janela, fumando. A comunicação entre mim e papai era mentira; eu jamais o chamei de *papai*.

De repente a sala secou e o que restou do lago foram poças onde uns peixes se afogavam no ar. O maior e mais inquieto dos peixes insistia em pular para fora de uma poça mais profunda, e rolava no carpete. Kim veio ajudar a salvar o peixe, pondo-o de volta na poça, até que meu pai veio com um aquário cheio de água e algas e uma tampa de vidro, para colocar o peixe dentro. Mas o peixe se contorcia e sacudia e empurrava a tampa com a cabeça. Então meu pai veio a mim, ignorando Kim, e disse:

— Você não pode fazer nada. É a natureza dele.

*****

A noite da des-união:

Passamos o dia como se nada fosse acontecer, mas a ruptura destrancou lágrimas de madeira. Havíamos construído um túnel que começava em uma nascente de antes e terminava batendo em um muro repleto de estampas de aviões.

Kim parecia inquieto, como se quisesse dizer algo que esquecera há muito. Passei a mão no rosto dele e percebi que estava quente demais.

— Você *tá* doente?

— *Tô* me sentindo meio tonto...

— Acho que *cê tá* com febre.

Beijei-o no pescoço, enquanto o abraçava. Em uma hora estaria em São Paulo de volta para aquela sua mesma vida de antes.

De antes.

*****

Nossa comunicação foi reduzida a breves papos telefônicos. Sempre odiei falar ao telefone, e agora a sensação de escutá-lo sem toque era um tipo educado de tortura.

Não estava dando para administrar a situação.

Toda noite, antes de dormir, ele escrevia uma carta e enviava para minha caixa postal ao voltar da escola. Quer dizer, nem *toda* noite. Na primeira manhã sem carta, resolvi não ligar nem mandar telegrama para não parecer estranho ou sufocante. Isso apesar de sentir algo me asfixiando, um clima de enxofre, uma secura secular.

Eu e Pedro estávamos um pouco afastados desde que meu primo chegara, mas meu amigo/irmão nunca fora do tipo ciumento, até por considerar viadagem. Não obstante, fez tom de viúva abandonada quando liguei dizendo que queria vê-lo.

Combinei de visitá-lo, precisava mudar de ares e tirar o gás carbônico do meu sangue.

*****

Contei para Pedro o que acontecera em São Thomé das Letras. Quer dizer, contei o que eu consegui recordar e decodificar.

— Você ferrou tudo! - Pedro foi categórico. — Você fez uma merda sem tamanho. Eu te disse para não arriscar nada do tipo. Mas você não me ouve.

Era-me surpreendente que ele não reagisse de maneira mais abertamente jocosa à minha confissão de amor por meu primo. E isso me congelou ainda mais a espinha, pois significava que havia para ele algo muito mais escandaloso no que eu estava dizendo do que amor ou sexo com meu primo.

Naquele momento a ficha caiu. Foi quando eu comecei a entender que a merda era feia. Daquelas embrulhadas para presente.

— Você não tem culpa — apressei-me em mudar de assunto, e ainda me pus na defensiva. — Não adianta dar uma de mamãe agora.

Ele fez uma expressão irônica, como quem pensa "coitado".

— Olha, Pedro, tinha algo incompleto e vazio, e o vácuo criou toda uma solidão. Você entende?

Pedro respirou fundo com ar de "ai meu saco". Então olhou para mim e colocou a mão direita no meu ombro esquerdo, tão condescendente quanto possível.

— Você praticou a Magia do 11º Grau e entrou em contato com deidades, sei lá *quais* deidades! Você não leu a porra do *Magick in Theory and Practice*?

— Aquela cópia xerox que você me deu no ano passado?

— Essa — ele confirmou.

— Grossa pra caralho, né? Não li tudo não, você sabe que meu inglês não dá pra isso.

— Ah, é? — Pedro disse com um sorriso impaciente e falso.

— Me baseei nuns escritos de Zos-kia e criei uma parada própria — eu disse.

— Criou uma "parada própria"? Muito bem, Sr. Desbravador. Vamos ver no que dá essa aventura de Indiana Jones da Magia Sexual Pederasta. Você praticou magia negra, já que procurou direcionar seu primo e sua amante para que ambos continuem para sempre servindo às suas vontades sexuais. Como você pode achar que manipular os outros assim não vai te trazer um bumerangue fodido? Não é possível que você seja tão hipócrita.

Eu arregalei os olhos ao sentir a punhalada factual da acusação irrefutável. Mas eu não era mais eu mesmo. Um portal fora aberto e contaminara toda a água de mim com algas de bela asfixia colorida.

— Cara — Pedro tentou outra vez. — Se uma porra de uma carola de igreja, virgem e temente a deus e tudo aquilo mais, se essa carola vai lá na igreja e acende uma vela para Santo Antonio, fazendo não sei que promessa caso o santo faça o Fulano de Tal que ela ama ou acha que ama casar com ela, isso, *isso* é magia negra, entende?

Eu só olhava para ele. Meus olhos pareciam planetas Terra queimados pulando corda no cu da madrugada.

— O princípio da magia negra é você entrar na órbita dos outros, entende? Você não pode manipular a vontade dos outros. Isso tem um preço. Principalmente se funcionar. Torça para que não funcione. Torça para que ambos não queiram te ver nem pintado, nem teu primo e nem a Patricia. É melhor que essa porra não funcione, porque se funcionar, alguém vai ter que pagar um preço, e vai ser uma porra de um preço caro pra caralho. Só digo isso.

*****

As cavernas de Patrícia. Estava quase acostumado de novo àquela pele suspirosa e àqueles seios de pêra doce.

Quando estava com Kim, eu era o condutor. Com Patrícia, era conduzido o tempo todo. Ela tinha essa qualidade tão feminina de olhar para um homem de forma a denunciar o tricô de maquinações que efetua.

*****

Eu agora evitava pensar em qualquer coisa que fosse durante o orgasmo.

Mas algo sempre vinha, e era sempre ele, junto de uma sensação de alarme.

6.
Uma fina parede verde crescendo em meu cérebro

Para mim é imperativo escrever sobre isto, por mais que doa, para preservar o que me resta de sanidade. Registrar e esquecer. Em outras palavras, decidi enlouquecer e registrar a perda do juízo, cada detalhe do caldo que transbordava da cisterna sulfúrica que abrigava o pântano que restou de minha mente ex-aérea.

Essa mente, que é agora passageiro, comissário e piloto do voo com bilhete só de ida.

Não entendi o que houve. Kim simplesmente desapareceu. Após três dias sem sinal dele, liguei. Primeiro a tia me disse que ele não estava. Achei que ela estava com um tom de voz diferente. Qualquer coisa podia desengatilhar minha paranóia, mas agora a conspiração parecia estranhamente real, um pesadelo tornado fato.

— Ô tia... a senhora pode pedir para ele me ligar? — o tom dócil e manso de ovelha nadando no pus do ódio ansioso de quem sabe que está sendo feito de otário mas não pode (ainda) jogar a merda no ventilador.

— Ok — ela disse. Sim, "ok" foi o que ela disse. E então perguntou pelos meus pais.

— Tudo bem, tudo bem, tia.

Silêncio sepulcral do caralho.

— Éééé... então tá, eu espero ele me ligar — eu disse.

— Pode esperar, meu filho — disse minha tia. — Espera sim que eu vou dar o recado.

Eu podia jurar que ela estava de sacanagem com a minha cara. Aquilo era tão estranho. Ela não tinha motivo para estar estranha comigo. Assim como o Kim não tinha motivo para não me ligar, não me escrever, nada.

— Beijinho, sobrinho — disse ela. — E manda um beijo para os teus pais.

— Obrigado, tia. Outro para a senhora e o resto do pessoal aí.

E desligamos.

Não achei prudente perguntar qualquer coisa, sei lá se dava na pinta. E também perguntar o quê? Eu não dava para essa vida, pensei, é muito esquisito viver na sombra por causa de uma convenção. Se fosse uma história de amor com uma *prima*, podia até rolar um mal-estarzinho inicial, mas não seria um problema tão incontornável assim. Mas dois primos *homens*? O fato de, ao contrário de casais de primos heterossexuais, não podermos gerar bebês defeituosos aparentemente não servia de argumento.

E também eu não queria *casar* com ele ou coisa assim. Só queria manter a doce perversão que tão rapidamente construímos juntos, e manter minha transa com Patrícia. Em suma, eu queria manter tudo, ter tudo, e por que não? Onde estava escrito que eu não podia? Kim era um companheiro, Patricia era uma amante, Pedro era um amigo. Que mais eu podia querer? Pais presentes tem, mas acabou.

Liguei no dia seguinte. Secretária eletrônica.

Após o sexto dia de recados eletrônicos, minha tia resolveu atender de novo.

— Ele viajou, *meu querido* — plácida.

— Sei... e quando ele volta?

— Ah, *meu filho*, ele não te disse? — Uma risadinha inaudível, mas perfeitamente desenhada na dobra da pausa. — Vocês pareciam tão *próximos*!

— Não, tia, ele não comentou comigo sobre viagem nenhuma.

Agora eu havia escutado uma risada de verdade, suavemente sardônica.

— Ele só volta no ano que vem, para férias de duas semanas. — Ela usou um tom didático, como quando você ensina uma criança de cinco anos a escovar os dentes. — Ele foi estudar no Japão.

— (...) — eu deixei de dizer, pronunciando um nada ensurdecedoramente opaco e vazio.

Minha tia surfou na minha mudez.

— Assim que ele ligar, eu digo que você mandou *lembranças*. — Ela continuou, soando satisfeita e suprida. — Infelizmente ele não poderá receber correspondência de ninguém em português, já que um dos objetivos é aprender o japonês de uma vez por todas, fazendo uma imersão, sabe? É uma técnica moderna e muito eficaz. Nós temos um plano para ele, sabe, Ricardo? Ele será um grande homem de negócios, e vai se fixar no Japão. Nós consideramos aqui na nossa família que o Japão é o país do futuro, da tecnologia, e queremos o melhor para ele, algo melhor do que o Brasil. Você não concorda? Eu acho que concorda. — Ela parecia ter tomado um litro de café ou algum outro tipo de estimulante, estava tão entusiasmada quanto um vendedor de enciclopédias. — Você parece gostar tanto dele, não é mesmo? Eu sei que você *gosta* dele, vocês desenvolveram um *afeto* muito grande, não desenvolveram?

Eu estava quase me abrindo com ela, dizendo "sim, tia, um afeto tão grande que a gente desenvolveu o hábito de sugar a língua e o pau um do outro". A voz dela soava insuportavelmente envolvente e amigável.

— Ele é um menino muito ambicioso, o meu filho — ela continuava, nada fazia aquela mulher calar a porra da boca. — Mas se você quiser, pode mandar suas cartas pra ele pra mim que eu terei *enorme* prazer em traduzir para o japonês e enviar junto com nossa correspondência familiar. Afinal somos uma *família*, não somos?

— Claro... que somos... tia.

*****

Não dava para fazer nada. Nada. O mundo estava cheio de humanos--cabeça-de-tartaruga, homens-pedra, mulheres-coisa. Eu estava infectado com a consciência de tudo. Finalmente via o sinal da Besta em minha testa, um grande número tatuado que me fazia sentir vontade de vomitar quando humanos se aproximavam. Mas — e aí estava a maior maldição — eu sentia falta dos humanos: o pior bêbado é o que na ressaca regozija.

O ano letivo começara e meus estudos estavam indo pelo ralo de vez, mas eu não queria nem saber. Perdi aulas, os coordenadores da escola ligaram para os meus pais mais de uma vez, os inconvenientes pedagogos tentaram conversar comigo — mas eram inábeis, não sabiam lidar com a minha crise silenciosa. Minha mãe vinha com aquelas suas bolinhas homeopáticas, meu pai sugeria cursos e viagens de estudo, o vestibular era causa perdida, e nada surtia efeito na minha apatia catatônica e, para olhos externos, sem razão de ser. Além de faltar muito, quando frequentava as aulas era o meu corpo que ia, eu não passava de um zumbi recortado da foto.

Patrícia me ligou diversas vezes. Mas eu não estava com qualquer tesão, parecia mesmo um bumerangue sinistro causado pela magia que pratiquei — sabia que tinha eco dos mundos paralelos vibrando na coisa toda. Um pai sempre reconhece seu filho, ainda que bastardo.

Eu a vi na rua. Estava com Marlon, o oficial. Já me avisara que não falaria na rua comigo além de "oi", como se eu fosse um mero conhecido que desconhecesse suas amídalas e seu reto e seus sussurros — "eu não vou conseguir mentir direito com vocês dois ao mesmo tempo por perto", alegava ela.

Ele era bonito, tinha maçãs do rosto altas, pele leitosa e cabelos naturalmente arruivados; eu traçava tranquilamente, confessei a mim mesmo. Traçava? Questionei em seguida. Pelo que eu lia nas revistas e pelo que percebi nas entrelinhas das conversas e da cultura em que vivia, era comum que casais de homens assumissem determinados papéis — um mais ativo, outro mais passivo, sendo o primeiro mais masculino e o segundo mais feminino, seja lá o que essas polaridades realmente queiram dizer. Amorfo, o pensamento erótico não me despertava a libido, que estava mais morta e enterrada que as raízes da Árvore da Vida. Mas eu sabia que era uma questão de tempo para precisar descarregar meu sêmen, e que, se não fosse Patrícia a taça, outra seria. Contudo o que acontecera excedia em estranheza, então eu não me sentia inclinado a trilhar este mesmo bosque que a mim se revelara traiçoeiro.

O que estou dizendo? Eu estava na merda, vamos combinar. Na merda.

*****

(Que dia é hoje? Vejo este filme e estou nele, sentado na cama, assistindo ao horizonte sangrento que pinga o leite dos deuses no meu espírito. Sinto a fraqueza de ser esmagado por uma força abismal. O céu se contorcia em ondas de terror e sombras de gente. Eu não ligava para eles e elas, a humanidade inteira, queria que todos fossem enterrados como eu — mas não comigo. As pessoas caminhavam e se moviam e articulavam seus membros e maxilares enquanto eu ainda estava lá, sentado na cama, fumando maconha, e mesmo que eu levantasse as coisas estavam(ão) todas ocas, ocas, todas. Enquanto isto, meu corpo zumbificado caminhava entre os mortos debaixo do sol que estorricava Copacabana. Sempre olhando vazio para o horizonte de fragmentos e signos.)

*****

Sentindo-me plenamente idiota, resolvi fazer uma consulta com um astrólogo. Era um homem de meia-idade, por volta de seus 48-53, olhos claros e cara de pai — não por causa da idade, acho que ele já devia ter nascido com aquela cara de pai, uma expressão que misturava bonachão com bastião da verdade. Eu queria que ele me explicasse o que aconteceu no tal dia (o dia em que eu conduzi Kim a praticarmos magia em função de *meu* desejo de ter a ele e Patrícia a meu dispor — cada vez que repito este desejo, me sinto mais perturbado do que uma capivara perdida nas águas venenosas do Tietê — será que eu não podia ter desejado algo melhor? Será que eu era mesmo tão carente de ambição assim? Tão fraco de elaborações, tão ausente de expansões? Não me conformo).

Não expliquei a situação ao astrólogo.

Precisava ver meu mapa natal primeiro, ele disse. Enquanto o computador expelia os dois mapas, ele explicava coisas semi-interessantes sobre a astrologia, mas nada daquilo entretinha minha angústia ou escoava a minha curiosidade sobre minha situação.

A coisa me fisgou quando o astrólogo observou que havia de fato algo estranho naquele dia em questão, já que Lilith aparecia no meu mapa como uma força *benéfica*, o que, de acordo com ele, por si só já seria um exotismo.

— Você deve ter uma boa relação muito... próxima... ou talvez até mesmo boa... com seus demônios. Mas como são demônios, eles vão te morder de um jeito ou de outro, já que eles formam uma barreira protetora contra todos, *menos contra você mesmo.*

Ele levantou os olhos do mapa e me fitou com olhos brilhantes:

— Nenhum demônio vai te salvar de ti mesmo, garoto — disse ele, paternalmente ameaçador. — Pelo contrário. Os demônios dizem a verdade de uma maneira tão descarada que parece que é mentira, e aí a gente não acredita neles porque, afinal, são demônios, e demônios mentem, não é isso que nos ensinaram? Então a maior cilada que os demônios nos preparam é nos dizer verdades através de bocas mentirosas. Quando eles são mais sofisticados, ainda completam nos dizendo mentiras através de bocas sinceras. É preciso ter uma sintonia muito fina e uma simpatia muito definitiva pelos demônios para filtrar suas ironias e descaramentos. É tudo uma questão de tradução e de linguagem.

*****

Há certa vergonha em escrever tudo isto. Na verdade, a única razão pela qual não estou totalmente envergonhado é que tudo já passou: acabou. Em meu estado atual, não posso reclamar, apenas observar e pensar.

Com medo do escuro e do silêncio, eu dormia com rádio e luzes ligados. Noite daquelas eis que acordei me dissolvendo em lágrimas sebosas enquanto um *good times 98* qualquer tocava "Borderline", da Madonna. Eu era mesmo um beócio intragável. Chorar por causa daquela música idiota?

No que eu havia me transformado? Que desgraça havia me acontecido, porra? Sentia-me como gelatina mal-feita, meu corpo cada vez mais macio desaparecendo em uma linha de fronteira.

Percebi que havia uma fina parede verde crescendo dentro do meu cérebro, fazendo os edifícios transformarem minha visão na casca de banana na qual eu repetidamente escorregava, em *loop*.

7. Prevejo vermelho nem tão longe

Não estava dando mesmo para seguir em frente com meus estudos para o vestibular. Minha mente estava fora de controle e meus pais não paravam de me pressionar, insistindo para que eu contasse o que estava acontecendo. Perguntavam se eu estava usando drogas — eu que já quase nem fumava mais maconha por puro desinteresse. Eu não estava com saco para nada, muito menos para reclamações.

Senti-me como uma bandeira exposta ao tornado.

Tentei conversar com minha mãe. Ela sempre me medicara, mas agora estava mais latente o desafio de me fazer falar das minhas profundidades. Minhas olheiras beiravam varandas de sombra. Meu ânimo desacelerado era tudo o que ela e meu pai percebiam.

Ela deixou escapar que considerava a origem de minha crise de alguma forma ligada à chegada da maioridade. Já eu simplesmente mentia que não sabia o que estava acontecendo.

Apesar de tudo, continuava frequentando as aulas. Faltava aqui e ali, fingia que estudava, assim me deixavam em relativa paz, ao passo que a opressão continuava a espremer o sumo de minha alma.

A idéia de pular fora — sair de cena — veio na forma de cartão postal: Jonas, uma das bichas mais loucas do Crepúsculo de Cubatão. Impossível deixar de reparar nele antes mesmo de nos conhecermos oficialmente. Como ignorar aquela figura de salto alto dançando qual espanhola? Sua mão parecia o nervo terminal de uma antiga ventarola metafísica.

A primeira vez que conversei com ele foi em uma situação de acidente. Foi quando eu derrubei meu *vômito* (drinque tiro-e-queda, supostamente exclusivo do Crepúsculo) em seu ombro no momento exato em que lutava para manter controle do meu próprio senso de gravidade. Meu cérebro mandou um comando à perna, mas quem recebeu foi o tronco, que engatou para a frente causando o acidente. Eu pedi desculpas a Jonas — lógico que ele estava cercado de viados sinistros — e tentei sair rápido, mas não deu. Ele exigiu um beijinho ou então ficaria de mal comigo.

— Beijinhôôô, beijinhôôô, beijinhôôô — os viados exultaram em coro, abafando quase até o som letal que saía das caixas de som.

Petrificado, dei um selinho veloz e as bichas gritaram de novo, e ficou por isso mesmo. Passamos então a trocar algumas palavras sempre que nos encontrávamos no Crepúsculo — ele nunca tentou nada além--fronteiras comigo. Jonas era artista plástico e estava se "dando bem em NY" — o que significava trabalhar de garçom em um *gay-club* durante a noite e estudar durante o dia. Já havia conseguido participar de três exposições coletivas e até tinha no currículo uma individual em uma galeria longínqua no Brooklyn.

E então me ocorreu, por que não convencer meus pais a bancar um curso de inglês por lá? Afinal, como estava evidente que eu não ia passar no vestibular daquele ano, acabava sendo uma excelente desculpa para salvar o semestre, me fazer produzir algo, conseguir algum resultado. Inglês era obrigatório, um diploma no idioma não me faria mal algum, e o pai vivia martelando que eu tinha que ficar fluente no inglês, que o mercado de trabalho isso, o mercado de trabalho aquilo etc. Eu tinha álibi. Achei que meu argumento era certeiro e infalível.

E foi.

Em um mês tudo se resolveu. O voo chegou em uma noite de sábado e, após minha tentativa mal-sucedida de exercitar meu inglês farofento com o grandalhão da Imigração, fui recebido em grande estilo por meu novo *roomate* Jonas. Não foi difícil localizar-lo na *micro-multitude* do aeroporto. Ele havia pintado o cabelo de verde e estava a sacudir uma cartolina cor de rosa onde se lia "*Welcome Ricardo*". Ele chacoalhava não somente o cartaz, mas a si mesmo, entre pulinhos e gritinhos em falsete: "querido, *dear*, *darling*, aqui estou eu!". Trajava púrpura na camiseta e na calça, cinto dourado, um colar de bolas douradas, um par de botas longas, não esquecendo os olhos contornados de negro e o batom vermelho-cereja, tudo isso sob uma jaqueta da polícia de Los Angeles. Mal se notava o cara com feições árabes que o acompanhava.

Eu estava preparado para um choque cultural, mas não para outro choque que viria a me socar de maneira mui violenta. De repente me bateu uma pilha errada e a viagem em si, o avião, tudo passou a me fazer imaginar a cena de Kim viajando em determinado avião para o outro lado do mundo...

Eu tinha de esquecer isso, já que era impotente para tomar qualquer medida. Minha única chance de sobrevivência agora estava no meu eu racional, e eu viajava para tentar esquecer.

Ah, mas a lembrança é uma cicatriz de hemofílico.

Chegamos ao apartamento no Queens onde um quarto me esperava. Gustavo, o sujeito com cara de árabe ao lado dele no aeroporto, na verdade também era brasileiro e ocupava um dos três quartos do apartamento.

Logo após as instalações básicas, disseram que tinha festa à noite em Chelsea. Jonas me garantiu que era uma ótima oportunidade para conhecer gente nova e interessante.

A festa revelou-se uma confusão de sotaques e nacionalidades, o que acabei aprendendo que era o normal na cidade de Nova York.

*****

A mudança radical de ambiente me fazia sentir como se estivesse em um filme, como se aquele eu em Nova York não fosse mais eu e sim uma outra versão, um recomeço, uma outra coisa, um holograma.

Mas filme ou não filme, eu continuava pensando no Kim. Até julguei reconhecê-lo no rosto de alguns adolescentes de Manhattan, miragem na selva de concreto.

Agora eu tinha medo de Magia. Não era mais questão de acreditar ou não acreditar, mas sim de temer. Sentia nitidamente (fato ou não?) que tudo que me acontecera era resultado das minhas precipitadas aventuras na magia sexual com Kim e Patrícia, para não falar da carreira solo. Era uma sensação de pós-culpa, uma confirmação vinda de vozes remanescentes de ondulações de teias, as teias que unem o visível e o invisível. Os demoniozinhos da minha aura riam histericamente, mas riam baixo, tão baixo quanto o lugar de onde vieram. Tentavam me ajudar a entender o caminho tomado: eu estava imerso no mar de pedras e cabos, luzes da cidade.

Não conseguia nem sequer pensar em sexo com outros caras: a comparação seria uma agulha malfazeja no centro do cérebro. Além do que, aquele pessoal dos Estados Unidos era-me excessivamente peculiar: o período que passei por lá bastou para gastar-me a recorrente busca por "brinquedos", acessórios, e tinha aquela fixação em dor, a naturalidade da vibe *sadô-masô*. Minha pouquíssima variedade e parca experiência no sexo não me garantiam microfone para debater os hábitos deste ou daquele povo, mas se havia uma coisa na qual eu era especialista, era em ler relatos eróticos, dos supostamente profissionais aos descaradamente amadores — já citei aqui meu gosto por publicações "para homens" como *EleEla* e *Private*, mas vale reiterar. *A child of the Seventies*, meu bem.

Mas trepar para quê? Meu deslumbre com os edifícios de tontura e vertigem era um impacto vazio e sonoro na placa estética de meus poros e retinas. E apesar das dificuldades, há sempre alguém no caminho.

Foi assim que Jonas me levou a uma festa e eu conheci Martina. Escocesa, seu cabelo vermelho como um incêndio na reserva florestal. Falava baixo e timidamente, mas as palavras tinham número e cor, o que não espantava meu estômago transformado em uma máquina quebrada de mecanismos tristes.

O haxixe que se conseguia em Manhattan era adorável e nos ajudou a pôr nossas químicas para construir pontes consistentes de modo tão célere que perguntei a Jonas se era *ok* levar a convidada para o quarto e trancar a porta. Ele me olhou com teatral desprezo:

— Você quer trepar com uma *mulherrrrr* e ainda quer que eu tome conhecimento de uma coisa *tão* sem criatividade? Eu *declino.*

Martina. Seu túnel era confortável, mas não a ponto de evocar desmaios. A pimenta da magia proibida sugava influxos demoníacos: assim era o sexo com Patrícia e/ou com Kim, e eu estava viciado nisso, viciado a ponto de estranhar uma transa que fosse *apenas* quente — temperatura imprescindível para o sexo não-necrófilo —, não sendo corrosiva nem mordente.

Martina maternal sem bilhete de cobrança, ela tinha uma facilidade de cuidar de mim da qual eu tanto precisava. Alguém que cuidasse sem cobrar, pendurando a conta para um fiador imaginário dos céus (ou infernos) resolver, na confiança.

*****

Naquela mesma noite, sonhei que estava em um castelo medieval espanhol. Lá acordei do sonho da vida real para uma realidade sem diplomacia. Estava em uma grande cama em roupas de tempos distantes. Olhei-me no espelho e descobri-me louro de olhos verdes. Nuit estava em toda parte no céu. Havia uma chamada dos bosques, a escuridão das feiticeiras voando através e eu nem sabia quem era ou onde estava.

Desci degraus duros sem corrimão, e um vasto nada foi tudo em volta, sem falar das pinturas de gente sem cara, figuras de olhos necessitados.

Quando comecei a discernir migalhas de realidade, me vi adentrando o bosque escuro e sombrio, procurando por qualquer coisa acesa (por fora ou por dentro). Havia aquela gente formando um círculo, no centro do qual puseram uma loura nua amarrada perto da fogueira. O pequeno grupo olhou para mim com ódio e susto, mas antes que eu pudesse mesmo pensar, eles a queimaram rapidamente, como se ela fosse feita de manteiga e não de carne e osso. Ela me olhava com olhos dolentes, e ela era o Kim. Então eles rapidamente me trancaram em uma caixa e tudo o que eu podia fazer era berrar.

Acordei gritando a plenos pulmões no meio da noite norte-americana, sob o céu esfumaçado de Nova York e com Jonas me sacudindo e perguntando se eu era assim só de vez em quando ou se seria necessário providenciar isolamento acústico para o quarto.

*****

Jonas e Gustavo queriam dançar em um clube, mas fingi estar com dor de cabeça. Havia dor sim, na cabeça inclusive, mas não era dor de se amansar com comprimido. Era aquele tipo de dor que a gente sente quando um pássaro abre as asas dentro da nossa caixa craniana. Dá uns estalos.

A sensação de flutuar no perigo do indefinido e a dor da lembrança do que me fora arrancado. Kim me fora arrancado. E eu descobri que meu ódio não passava. O ódio que eu sentia da minha tia por me tirar Kim era um assunto tabu que eu não havia ainda discutido comigo mesmo. Era um ódio tão intenso, tão inflamado, tão vermelho, tão gritante que me paralisava. Sim, me paralisara. Eu de repente descobri que estivera paralisado desde aquele telefonema, quando ela me comunicou que Kim estava do outro lado do mundo, no arquipélago nipônico.

A epifania do ódio me viera ao testemunhar uma cena no metrô nova-iorquino. Eu estava na Grand Central Station, esperando as portas se abrirem para entrar em um trem. Era um horário de rush, lá pelas seis da tarde de uma quinta-feira, e algumas pessoas ameaçaram entrar no carro antes que os passageiros que iam descer naquele ponto pudessem sair. Foi quando eu vi um rapaz, devia ter seus vinte e poucos anos. Magro, branco, pele cheia de espinhas, boné indistinto, lábios finos e tensos riscando a parte inferior da cara em uma expressão de ódio tão fácil de ler, tão cativante, que me hipnotizou. Com os olhos castanhos duros como baionetas, ele cuspiu as palavras entre dentes:

— *Get the fuck out of my godamn way mothefuckers.*

Ele não disse as palavras em alto volume, não. Ele quase as manteve para si. Elas lhe escaparam por alguma imperfeição do dia-a-dia, como quando a pessoa vai espirrar e acaba bocejando, o espirro sequestrado pelo cansaço. O cara disse as palavras simplesmente porque elas não lhe cabiam mais do que o vômito cabe dentro da garganta quando se faz jorrar. Alguém já viu vômito pedir licença? Foi assim que ele disse as palavras, sem pedir licença. Mas as manteve em tom polido e civilizado, afinal de contas, havia um pacto social a manter. Até que a derrama por fim dissesse olá.

E acabei inspirado pela tranquilidade tensa com que aquelas palavras de controlado ódio emanaram daqueles lábios *white trash*. Eu de repente me senti à vontade com meus instintos considerados degradantes. Fiquei à vontade com meu ódio. Convidei meu ódio para sentar e tomar uma bebida. Ele tinha cavanhaque ruivo, o meu ódio, mas seus olhos eram amarelos. Meu ódio então bebeu a baba imaterial que alimentava a sanha do ódio cotidiano naquelas palavras ditas por aquele cara e eu reconheci, afinal, que odiava minha tia. Odiava.

E assim tomei a decisão crucial de completar tudo e levar aquela merda até as ultimas consequências. Não era mesmo do meu feitio largar as coisas pela metade. Eu ia levar a porra (e seus subprodutos) adiante e então re-construir ou destruir tudo de vez.

Era uma noite quente de verão e a respiração dos edifícios me era uma inspiração latente. Resolvi invocar Nuit em sua forma Vênus e pedir para rever Kim, *a qualquer preço.*

Tinha eu *adiantados* dezenove anos de idade, mas envelhecia a cada segundo da operação. Pelo menos desta vez eu estava fazendo aquilo sozinho, não estava envolvendo Martina como envolvera Kim nas minhas manobras mágicas.

No meu quarto, cortinas abaixadas e porta trancada, me concentrei em minha respiração por um bom tempo, não sei quanto, praticando meditação. Depois bebi um pouco de água com uma colher de chá do guaraná em pó que levara comigo do Brasil. Fiz o Ritual do Pentagrama, primeiro banindo e depois invocando. Pensei em Nuit a tudo abraçando, transformando-se em Vênus-Afrodite, nua, oferecendo-me seu peito que chupei por horas como uma criança, de volta ao estado de inocência.

O material já estava previamente preparado, caneta, papel, esmeralda, loucura, cara de pau, desatino, tudo lá. Desenhei um heptágono com uma caneta verde em um papel azul, e depois dois cisnes, e finalmente coloquei uma diminuta esmeralda no papel que estava no centro do círculo mágico no chão. Já nu, masturbei-me pensando em Kim e em Vênus--Afrodite, pedindo a ela o desejo que a tudo direcionou, o de encontrá-lo de novo, pessoalmente. A ejaculação foi cuidadosamente direcionada ao papel e à esmeralda, não perdi nem mesmo uma gotícula (tomara), como manda o figurino. Então embrulhei tudo, beijei o embrulho, fiz mais uma vez o Pentagrama, invocando e depois banindo.

Pus uma roupa e peguei o trem para Manhattan rumo Hudson River. O pensamento fielmente colado no objetivo desse Trabalho de Magia, com maiúsculas mesmo. Minha Vontade (seria de fato com V maiúsculo?) era estar com ele de novo e acabar com essa angústia.

Acabar e começar outra pior? Hein? Ué...

Não queria saber das consequências, achei que estava pronto para pagar o preço, fosse qual fosse. A juventude é mesmo esparramada.

Arremessei o pacotinho de sinais, palavras, esperma, esmeralda e desejos dentro das águas do rio, implorando a Nuit que abraçasse esta solicitação sob Sua Dissolução, e a Vênus-Afrodite que magnetizasse o pacote em suas Taças, nas águas que derramam cachoeiras abundantes, fontes, rios, córregos, riachos.

Nova York brilhava, cintilava, os edifícios pulsavam, vivos.

No *flyer* em meu bolso estava o endereço onde Jonas e Gustavo me esperavam: um clube chamado *Tunnel*. Era agora hora de esquecer o Trabalho e entregá-lo de vez, como quem põe uma carta no correio. Eu já havia selado.

8.
A obra em negro

A pele de Martina parecia leite misturado a flocos de chocolate — salpicados em uma pele de neve. Parecia ter passado décadas escondida em uma floresta nórdica. O horror do frio transformando-se em delícia gelada: sorvete. O hálito de Martina era como eucalipto misturado a frutas quentes. Seu olhar angélico bem escondia a possibilidade de calor progressivo com a qual vinha lentamente me surpreendendo em meio aos lençóis. Com Martina descobri que não há melhor lugar para trepar que a cama. Invencionices podiam ser divertidas, mas *the real thing* era a boa e velha cama.

Aos quase dezenove anos de idade, a velhice me era um peso sobre as pálpebras astrais. Vivia a séculos de distância da minha vida brasileira. Nem mesmo quando meus pais vieram me visitar/fiscalizar eu voltei a sentir a corrente que antes me prendia pelos pés. Não obstante, estava preso por outra corrente muito maior, mais sutil e da qual ninguém poderia me livrar: aquele eu mesmo. O acalanto do Abismo era como um pranto no fundo do cérebro. Martina dizia coisas boas que faziam minhas memórias caírem como folhas outonais, mas a natureza é um contínuo de renovação.

*****

Nota dissonante no paraíso metropolitano: caminhava eu Times Square abaixo à procura de uma *deli*. Na verdade, estava dando uma conferida na má fama do local, sempre gostei de pontos de prostituição e venda de drogas, mesmo quando não era minha intenção consumir nada disso, mas sim por puro interesse na atmosfera rústica e enferrujada desses lugares. Uma atmosfera de vida real, de sujeira, de secreção. De transgressão à lei. Cheiro de crime, creme de insurreição.

Vi uma bela mulher usando um casaco de couro que eu gostaria de ter. Uma *homeless*. Preta da pele cor de pau de canela. Ela disse:

— *Hey buddy* — e pediu-me um cigarro. Peguei um de meus *Camels* para dar a ela, que, entretanto, sorriu-me com enormes dentes brancos:

— *Oh, no, thanks, I only smoke menthol.*

Olhou fixamente em meus olhos enquanto eu acendia o cigarro para mim mesmo e disse:

— *You gonna get what you want* — e riu. — *You fucking will.*

E mais riu, mostrando a gengiva parte preta, parte rosa.

*****

Eu estava em casa. Eu e Martina líamos livros, ela sentada no sofá, eu com a cabeça em sua coxa, quando o telefone gritou. Era minha mãe. Atípico ela ligar no meio da semana.

— Meu filho — ela disse com uma voz fantasmal e genuinamente assustadora. Duas palavras me bastaram para deixar claro que algo havia se rompido na grossa casca de indiferença e assepsia que dominava a superfície da sua existência. Aquilo era sério de verdade.

— Que foi, mãe? — eu correspondi ao susto e à ânsia e levantei a cabeça da perna da Martina, que me olhou com perguntas nos olhos, mas sem pronunciar palavras.

— A... minha... — a voz dela estava perceptivelmente embargada. — A minha irmã... a sua tia... a mãe... do Kim...

— O que é que tem, mãe? Nossa, fala logo, você está me apavorando, o que foi?

— Ela morreu... — ela disse. E uma pontinha infernal do meu ser regozijou timidamente, mas logo se encolheu e murchou ao ouvir o resto da frase. — Morreu brutalmente assassinada.

Agora que minha mãe havia engatado na narrativa, não houve mais hesitação, apesar das palavras embaralhadas de um jeito inédito.

— Foi perto de casa, na Liberdade. Ela estava lá, parada em frente à faixa esperando o farol abrir para ela atravessar. Quem me contou tudo foi o meu cunhado. Dois homens, só podem ser uns maníacos, dois homens aproveitaram que não tinha ninguém, que era de tarde, umas duas e meia, mas não tinha ninguém. Eles aproveitaram, parece que escolheram por acaso, na rua, deram um jeito de sequestrar minha irmã, de fazer com que ela entrasse, de forçar, com que ela entrasse. No carro. E foram, com ela, sabe lá pra onde.

Tive vontade de *ver* minha mãe dizendo tudo aquilo. Sempre quisera vê-la perder o controle, uma vez que fosse. Ela estava quase lá.

— O corpo foi encontrado nas margens do Tietê, lá na puta que pariu! — Sua raiva era tamanha que até se permitia dizer palavrão, e eu não me lembrava de isso ter acontecido antes.

A família estava traçando esquemas para trazer Kim de volta do Japão sem antecipar-lhe a noticia. De acordo com minha mãe, Kim se recusava a falar ao telefone com a mãe desde que chegara do outro lado do mundo, o que ironicamente acabou por facilitar o esquema.

— Fiquei sabendo que eles dois tiveram uma discussão feia. Antes de ele viajar. — Minha mãe fungou, retomando um ritmo mais normal. — Ele não queria ir, parece que minha irmã impôs a viagem e a relação deles se deteriorou. Você, que ficou tão próximo dele, meu filho, ele não te dizia nada sobre a mãe, nem te contou nada sobre essa viagem?

— Não, mãe. Eu não entendi nada quando ele foi pro Japão assim, de repente. Fiquei boiando.

Não entendi, mas estava começando a entender. Minha desconfiança tinha fundamento.

O corpo seria enterrado no dia seguinte pela manhã. Kim, desavisado, era esperado para a missa de sétimo dia — não havia como fazê-lo viajar mais às pressas do que isso.

— Bem, mas ele está voltando, de toda forma — ela confirmou.

Minha voz foi arrastada esgotos abaixo. Uma voz de dentro do meu cérebro começou a me apontar uma melodia de açúcar que sussurrava: “Meus parabéns! Você conseguiu, o Kim vai voltar ao Brasil. *You’re pregnant, baby, that’s witchcraft*!”

Não consegui disfarçar, mas não expliquei a Martina naquele momento. Sentia-me grávido de um homúnculo e prestes a entrar em trabalho de parto. Como dizer a Martina que o elfo das certezas mórbidas havia se instalado no meu cérebro como ácaro no carpete?

Não me lembro bem como terminou a conversa com a minha mãe, só me lembro que pus o telefone no gancho e me levantei sem dizer nada. Martina provavelmente estava me fitando com olhos redondos feito pires, mas isso é uma suposição, porque eu não olhei para ela, apenas segui, *bee-line*, para o banheiro. Entrei e tranquei a porta, conseguindo algum conforto — lá dentro as paredes me cercavam o bastante. Abri as torneiras para fazer barulho e ri histericamente, enquanto aquela máscara de palhaço *inside me* sorria mel, coisas doces.

Martina bateu na porta e resolvi abrir. Ela era tão linda, me abrigava tanto, mas agora nada podia fazer. Eu só temia por saber que o pior ainda estava a caminho. As águas do Hudson River entenderiam as palavras na minha mente, só elas e mais ninguém. Afogamento. Se eu queria ação, ação era o que eu estava tendo.

Contei para Martina o que ouvira da minha mãe, fingindo que meu choque se devia ao fato em si e não à suavidade com que ele me desceu pelos ouvidos. Eu não sabia ainda, naquele momento, qual era a moral da história. Deus, nunca achei que fosse descer tão baixo a ponto de propor uma MORAL para esta história, mas aqui estou fazendo exatamente isso. Mas posso adiantar agora que a moral da história é que, quando se projeta um desejo intencionalmente quando em estado alterado de consciência, é essencial projetar a *maneira* de conseguir o desejo, do contrário ele será concretizado da forma mais prática, imediata e impessoal possível. Só mesmo caso de morte para o Kim voltar do Japão de repente, em pleno ano letivo. As forças agiram nem tão rapidamente, mas a Magia de Sombras havia cumprido seu trajeto.

O prazer que eu senti ao ouvir aquela notícia me revoltou contra mim mesmo, me fez fazer oposição a mim próprio. Daí as gargalhadas: puro descontrole e desespero de quem vê emergir das próprias profundezas, sem maquiagem e sem maiores delongas, a própria Sombra.

Mas e agora? Como suportar esse peso todo? Quais eram as regras do jogo, qual era o resultado das pesquisas anteriores?

Não havia regras, o jogo estava sendo criado agora.

Não havia pesquisas, eu era o próprio ratinho de laboratório, mais uma vez, voluntariamente. *Let's face the scene.*

Meu cabelo estava comprido. Pedi a Martina que o cortasse. Ela cortou, estranhando o pedido menos que outras pessoas estranhariam. Não sei se ela intuiu algo, mas cortar o cabelo naquele momento foi um rito de despedida diferente — eu sabia ia embarcar para São Paulo o quanto antes, e sabia que Martina não podia, nem devia, largar seus estudos e compromissos para ir comigo. Depois que ela acabasse de cortar meu cabelo, eu ia ligar para a minha agência de turismo e mandar reservar um lugar no voo mais próximo possível.

Eu tinha que voltar.

Martina só me deu coisas boas durante o tempo em que estivemos juntos. Nunca a manchei com minhas práticas subterrâneas, e não queria que ela se contaminasse com aquele emaranhado de efeitos fora da tabela que eu havia engendrado utilizando os corpos de Kim e Patrícia — e as águas do Hudson River — como veículos.

Naquela noite não consegui pensar em sexo.

*****

Não liguei para Pedro ao chegar no Brasil. Na verdade, não vinha falando com Pedro com tanta frequência desde que começara minha temporada em Nova York, o que era perfeitamente compreensível se considerarmos que não éramos milionários para ter este tipo de despesa com conta telefônica. Tampouco éramos de escrever à mancheia. Quisera eu que meu amigo querido compreendesse a urgência da tragédia. Mas na verdade eu tinha mesmo era um resquício miserável de vergonha na cara: mesmo depois de Pedro me esculhambar por causa das minhas aventuras inconsequentes com magia sexual e drogas em São Thomé das Letras, mesmo assim eu voltara a me arriscar em caminhos nos quais jamais fora treinado; caminhos em campos minados de surpresas aterrorizantes nos quais eu pulara corda, eu e minha obsidiana nutrida no saco e afogada no Hudson River.

Mas também vamos parar com essa coisa: quem é que já treinou para viver antes se a vida é essa notória improvisação sem fim? Quisera eu ser poupado de mim mesmo, e do meu eu.

*****

Quando Kim chegou a São Paulo, seis dias depois do enterro, minha mãe já estava hospedada em sua casa para ajudar o cunhado a tomar conta de Miyuki. A menina ganhara a versão de que a mãe falecera atropelada, mas ela sabia que havia algo de estranho na atmosfera, era perceptível pelo tamanho de suas pupilas e pelos seus lóbulos inquietos.

Meu tio sozinho recebera o filho no aeroporto para dar a notícia antes de chegarem em casa. Kim não sabia por que estava voltando, mas creio que soubesse que nada de bom o aguardava. Ouvi meu tio comentando com minha mãe que ele insistira em saber o motivo de sua volta repentina, mas o pai fora resoluto em manter a língua travada. Eu entendia os motivos do meu tio. Fiquei imaginando o terrível impacto. Pobre Kim.

São Paulo estava particularmente cinza e asfixiante. A poluição dispersada por A'Arab Zaraq formava uma densa lona de imundície. Meu estômago congelou quando pensei em reencontrar o Kim. Mas afinal não era para isso que eu tinha voltado ao Brasil? Para velar a minha tia é que não era.

A culpa deslizava em mim como o final do sorvete na casquinha em uma tarde ensolarada. Os bandidos fizeram um trabalho refinado de tortura e perversão. Os doentes arrancaram os seios dela e com eles a asfixiaram. Ela morreu sangrando e sufocada, engolindo o próprio seio.

Eu estava sozinho em casa, no Rio — quer dizer, meu pai estava lá, o que dava no mesmo. Soube que Kim havia chegado e liguei. Havia um muro de hera entre mim e ele, construído por camadas de afastamento e orquestras de perplexidade.

Ouvi sua voz ao telefone:

— Alô.

— Alô, Kim. Sou eu. Ricardo.

— Oi, Ricardo.

E assim o ontem se transformou abruptamente na última vez em que nos falamos, um lapso de tempo conectando o sonho real, como se falar com ele me acordasse do sonho no qual estive dormindo desde que ele se fora. Ele foi gentil — por que não seria? — ainda que deprimido. Mas partiu dele a iniciativa do encontro.

— A gente precisa se encontrar. — Pausa. — Estou com saudades.

Ele soou frio e distante, mas suas palavras transpareciam uma tentativa de afeto e calor que não se consumava e nem poderia, considerando-se a notícia que acabara de receber. Parando para pensar, era surpreendente que ele estivesse disposto a atender o telefone. Mas o que eu queria? O que mais poderia esperar naquela situação? Demonstrações de saudade? Sua voz tremulava em inflexões que oscilavam entre a necessidade de não deixar escapar nenhum filete, mas às vezes este mesmo filete por fim liberado entregava tudo.

— Sua mãe tá ajudando muito — ele disse, no que me pareceu um esforço supremo de atirar no oceano uma mensagem na garrafa.

— Olha, Kim — eu tentei falar como a gente se falava antes. Tentei cortar com uma tesoura enorme aquele ameaçador muro de hera, aquele muro que parecia sussurrar "nada será como antes". — Eu queria ir aí pra ficar do teu lado. — Pausa. Ele nada disse. Eu continuei. — Mas só se você quiser. Quer dizer, não é o que eu quero agora que importa, é o que você quer. O que você precisa. Diz aí, se você quiser, eu vou.

Eu ouvi Kim suspirar de leve.

— Vem, sim — ele disse.

Eu tentei enfatizar minha não-pressão:

— Você quer mesmo? Se não quiser, diz numa boa.

— Quero sim, meu amor — ele respondeu.

Meu amor. Ele nunca me chamou assim. Estranho a maneira como aquelas palavras soavam na voz entorpecida que Kim estava me entregando aos ouvidos. Será que alguém poderia ter ouvido o que ele disse?

— Você não repara — ele continuou, pronunciando as palavras com algodão de vento nos dedos e rédeas frouxas na língua. — Não repara eu estar falando assim... — Pausa. — Assim meio mole. É que eu tomei uns calmantes.

— Calmantes? — Assustei-me. — Kim, você não está fazendo nenhuma besteira não, né?

Ele soltou uma risada radiofônica que me arrepiou até o último pentelho do rego, e não digo isso com nenhuma pitada de erotismo.

— Não... não fiz nada, não. Foi meu pai quem meu deu. Quer... quer falar com ele?

— Não preci...

Não terminei a frase, pois antes disso percebi que o telefone estava sendo passado para o meu tio. Será que ele tinha escutado o Kim me chamando de "meu amor"?

— Como o senhor está, tio? — O tom formal na voz que só os culpados têm. Os pêsames eu já havia dado logo ao chegar ao Brasil.

— Estou levando, com a ajuda de Deus e da sua mãe, que está sendo um verdadeiro anjo — disse meu tio.

Sentia na voz dele uma afeição que não combinava com o tom mordaz e perigoso que minha tia ostentara nas cordas vocais nas vezes em que nos falamos ao telefone após a abrupta e louca mudança do Kim para o Japão. Se ela me dava a impressão de ter desconfiado ou mesmo até dado um jeito de descobrir o que existia entre mim e o meu primo, ele por sua vez me parecia incógnito a tudo isso — a não ser que fosse o rei da interpretação e do fingimento, o que não cabia bem na *persona* de homem franco e direto que ele sempre exibira em família.

— Diz pra ele que foi você quem me deu *calmaaaante* — rangeu Kim ao fundo com voz irreconhecível.

— Ricardo, meu filho, seu primo pediu pra avisar que fui eu mesmo que dei um calmante para ele. Agradeço sua preocupação, você sempre se demonstrou muito amigo do seu primo. Mas eu achei melhor dar um calmantezinho porque ele tem passado por muita coisa, e você sabe que não foi fácil para ele ficar a par do que aconteceu. — Pausa. — A mudança repentina para o Japão já foi um baque forte, você deve saber, ele deve ter conversado com você, não conversou?

A confirmação. O clique final do segredo do cofre. O hímen que se rompe, a ficha que cai, o véu que se rasga, o carimbo oficial. Documento registrado em cartório. A lei: cumpra-se. A lei? Ai, esse papo de novo, minha mente muito maleável murmurava muxoxos e mudava microestruturas, e pelas reveladas suturas supurava tudo aquilo que eu não queria ver nem sentir. Fedia. Mas eu conseguia manter as rédeas e falava tudo bonitinho.

— Nós... não tivemos oportunidade — eu disse.

— Você sabe que até eu tive pouco tempo para me despedir do meu filho? Cá entre nós, eu não entendi direito por que minha esposa, que Deus a tenha, coitada, foi tão enfática e tão repentina com essa coisa de mandar nosso filho estudar no Japão. E contra a vontade dele!

Eu não me lembrava de ter tido conversa tão longa com meu tio antes. Ele de fato não desconfiava de nada insueto entre mim e o Kim. A ficha havia caído e a ligação estava se completando com efeito.

— Mas ela era muito persuasiva quando queria alguma coisa, eu que sei. E de fato era uma boa ideia para o futuro profissional do Kim, por isso preferi não interferir e apoiar a decisão dela, mesmo Kim tendo me pedido tanto para não ir.

— Mas ninguém liga para a minha vontade, *hahahaha* — Kim bradou ao fundo.

Percebi que algo estava acontecendo, as gargalhadas de Kim viraram pranto.

— Eu vou ter que desligar, meu filho. Por favor, se puder, venha ficar com sua mãe e conosco. Seu primo está precisando de você.

— Eu vou amanhã mesmo. Boa noite.

Click.

*****

Cheguei a São Paulo na tarde seguinte.

Fui recebido na casa dos meus tios por minha mãe. Meu tio não estava, e Miyuki estava tendo aula com a professora particular em seu quarto para compensar as faltas na escola. Minha mãe achava importante focar nos estudos como terapia para o trauma: esta era a minha progenitora.

Então Kim veio à sala me receber.

Ele ganhara peso, ao contrário de mim — Nova York me emagrecera, minha pele gritava a acusação de autofagia. Mesmo um pouco gorducho, Kim continuava bonito, a pele ainda muito leitosa e lisa. Talvez eu fosse incapaz de enxergar fealdade nele, de tão projetado que (eu) estava. Olhamos um para o outro sem saber o que fazer ou dizer, então apenas nos abraçamos. Quer dizer, eu o abracei e ele correspondeu ao abraço. Sem palavras, apenas sentindo o bater do coração dele, a respiração, o cheiro, aquela pele cujo gosto eu conhecia também e que não havia amnésia ou Japão que apagasse.

Liberei-o do abraço após uns dez segundos de enlace forte para não despertar olhares da minha mãe — a culpa é o melhor termômetro da paranoia, todos deveriam aprender esta verdade suprema no jardim de infância. Vamos desencantar as crianças logo, quem sabe assim o mato da hipocrisia não definha e seca de uma vez por todas.

Por todas as vezes em que eu e ele penetramos a alma um do outro: em nome delas eu me contive. Fui forte e impávido e até sereno, ora vejam, enquanto soava intensa a fanfarra de Satanás — o santo adversário de sempre — que me tacava pedaços de carvão em brasa nas paredes do estômago. Eu não gemia, apenas respirava e pensava em nuvens de algodão, mas a sensação de incoerência e culpa e pesar me tragavam volta e meia para o poço da realidade cortante, e eu nem tinha um baseado para aliviar a tensão.

Não havia mais dúvida que algo pesado se passara entre Kim e a mãe, e eu cheguei, até algo tardiamente, à conclusão de que ela tinha, sim, percebido a natureza da minha ligação com o filho. Foi por isso que ela nos afastou à força, com a conveniente desculpa da formação profissional. A intuição das mães é uma coisa tão pulsante quanto uma vagina, não tem explicação masculina que dê conta.

Eu pisava em ovos raros de dodô, extintos, imaginários.

Kim parecia estar mantendo a fleuma e a dignidade nipônicas que suplantavam em linho e linha o mais orgulhoso dos soldados. Confesso que era assustador associar o Kim, o *meu* Kim, meu primo, a um soldado, ele que me parecia tão ávido por liberdade e voos. Mas quando a pessoa está tentando segurar um tsunami pela coleira, é preciso aplaudir a tentativa a despeito de qualquer análise de danos. Sim, é certo que de boas intenções o inferno etc., mas nem por isso podemos ignorar o contexto em que florescem os eventos. Tudo era muito para aquele garoto. E era estranho para mim pensar nele como um *garoto*, apesar de ser exatamente isso que ele era. Mas o termo *garoto* trazia um quê de perversão, o que era ridículo, porque eu era dois ou três anos mais velho do que ele.

A pressão que os arquétipos sociais exerciam sobre meu cérebro reverberava na minha alma e me fazia buscar motivos para degradar e desfazer meu sentimento por Kim. Havia um lado do cérebro — não sei se o direito ou o esquerdo — que dizia que nosso amor era perfeitamente normal e que se a mãe dele percebeu e resolveu interromper, só provava ser uma mulher amarga, arcaica e maldosa. Já o outro lado garantia que nosso sentimento era uma aberração e que eu devia vomitar tudo urgentemente na privada e dar descarga com bastante entusiasmo, até exaurir a caixa d'água do prédio.

Eu queria mandar todos enfiarem os arquétipos sociais em seus respectivos cus, mas em vez disso dizia bom dia, boa tarde, boa noite, como vai?

*****

Era insano estar no mesmo recinto que Kim depois de quase um ano de dúvidas e suposições sobre as motivações de seu sumiço para o outro lado do planeta. Só mesmo um profundo respeito — ou uma profunda culpa inexplicada — pela tragédia ocorrida seria capaz de controlar minha ansiedade por tocar no assunto naquele momento.

Kim não parecia extremamente ávido por tocar em assunto nenhum. Sem palavras, só era traduzido por uma música diminuindo o volume sobre nossos ombros, um canto de espaços vazios. O silêncio de Hoor-pa-kraat.

Perguntei-me se ele estaria ainda sob efeito de calmantes, mas preferi não perguntar nada à minha mãe, e muito menos a ele.

Desta vez eu me instalei no quarto de hóspedes com a minha mãe. Não havia motivo para dividir o quarto com Kim, já que meu pai não estava e o quarto de hóspedes acomodava duas pessoas.

Terminada a aula particular de Miyuki, minha mãe me avisou que ia com minha prima ao supermercado.

Kim estava em seu quarto, com a porta fechada. Achei que estivesse dormindo. Mas quando minha mãe e minha prima saíram e a maçaneta da porta da frente fez *click*, a porta do quarto do Kim fez *clack*.

Eu estava sentado na cama do quarto de hóspedes quando ele veio. Como um filhote órfão, a metáfora exata e felpuda em seu clichê. Ao vê-lo se aproximando assim de mim, ocorreu-me que somos todos clichês em um oceânico deserto de almas que vêm da mesma fonte e se separaram, estranhadas e desconhecedoras, e que nada poderia ser mais clichê do que passar pela prosaica epifania de sermos todos clichês, socorro, minha mente estava dando *tilt*.

Ele veio e se sentou ao meu lado, e me abraçou de lado, encaixando o lado do rosto na curva entre o meu pescoço e o meu ombro, e foi como se estivéssemos de novo em São Thomé das Letras, desligados do mundo externo, construindo a nossa própria realidade onírica. Gerando cascões astrais, formas-pensamento e desejos projetados sem coleira.

Estava voltando tudo. Pronto, já tinha voltado.

Então ele começou a chorar. Sem som, só sucessões de silêncios sentidas, suaves, sobre a superfície da pele em sua forma líquida. Lágrimas leves, ligeiras, longas e lúcidas. Choro de chuva e choque. Chorou tudo que, presumo, retivera até então.

Após um tempo indizível, as lágrimas secaram e só sobrou o olhar opaco e o oxigênio mofado. Reagi rigorosamente à ríspida reticência da ausência de palavras: nada disse tampouco. Tão pouco a dizer perante a enormidade do que havia a ser dito. Pelo não dito. Pelo não esclarecido. Pelo que estava claríssimo, cristalino, óbvio, evidente e ululante, desfilando e tudo.

Eu me virei um pouco, ele se virou também, logo o abraço de lado virou abraço de frente. Peito a peito. E o rosto dele foi subindo, e eu fui baixando o rosto, e aconteceu o beijo salgado de lágrimas. E o beijo de saudade virou beijo de amor, e o beijo de amor se entrelaçou à tristeza, mas sobrepôs-se a tudo isso a urgência e o autoritarismo de dois paus duros.

Por mim, tínhamos feito tudo ali mesmo. Não posso afirmar se meu primo estava de caso pensado, se foi tudo calculado, mas me lembro perfeitamente de como ele falou que não seria seguro fazer nada em casa, nem mesmo rapidinho, não queria *gerar outra tragédia na família.*

Parecia razoável. Na hora, achei até bastante responsável. Mas pensando agora, vejo que foi cruel. Também foi desesperado, mas toda crueldade é uma forma de desespero. É? Ou será este outro dogma vazio que acabo de inventar? As possibilidades são infinitas, e aparentemente a minha ansiedade também.

Fico me perguntando por que não percebi nenhuma faísca excep-[illegible]nte vermelha em seu olhar. Por que não desconfiei ao ver que [illegible]om a mochila pronta ao sugerir que fôssemos saciar nossos [illegible]arto de motel? Por que não desconfiei de ele levar uma [illegible]r necessidade ou justificativa aparente. Os sinais es[illegible] ele já tinha aquilo em mente quando eu liguei e ele n[illegible]ara São Paulo?

*****

Fomos ao mesmo hotel na Rua da Glória.

Protegidos pelas paredes do quarto, finalmente nos beijamos, e daí para o resto foi automático e descontrolado. Eu preciso acreditar que pelo menos durante o sexo ele não estava controlando e direcionando o que estava prestes a acontecer.

Seus lábios ainda eram receptivos, e sua saliva preservava o gosto de sol. Seu rosto ganhara uma ligeira barba por fazer, o bastante para me arranhar delicadamente a pele. Poucos meses podem bastar quando se está vivendo a transição de garoto para homem.

Se havia algo para saciar entre nossos corpos, saciamos ali mesmo, cientes da sede e da sofreguidão, e talvez da impermanência. Se havia alguma parte desconhecida no corpo do outro, agora não mais. Só faltava o avesso, as vísceras, o vão da vida.

Após eternos minutos, eu comecei. Fiz a pergunta. Estávamos deitados na cama, lado a lado, não abraçados como de costume nos séculos/meses de antes.

— Por que você viajou para o Japão de repente daquele jeito, Kim? E sem me dizer nada?

Kim não mexeu o pescoço, apenas manteve a cabeça nele encaixada, como se nada tivesse acontecido. O teto continuou no lugar, o que achei bastante estranho no momento.

Eu não quis repetir a pergunta, não só por detestar ser insistente, mas por saber que ele havia escutado muito bem, só estava exercendo seu inalienável direito de decidir se ia responder ou não, e se ia responder a verdade.

Kim então cedeu ao peso da falta de pressão que eu exercia nele e finalmente girou o pescoço. Só o pescoço, sem mexer o ombro.

— Você nunca perdoou ela, né? — Kim pronunciou as palavras pausadamente, mas sem vagarosidade, de modo quase profissional. Suas pupilas foram cortadas por raios rápidos e ríspidos.

— Perdoar quem? — Era horrível a minha hipocrisia. Logo com ele. Mas foi como se aquele raio em seus olhos tivesse me acuado em um canto pontudo e de repente eu era um rato, e ratos acuados são matos não-podados, são fatos não-contados. Ratos acuados reagem rápido e errado.

O olhar de Kim quase babou um desprezo que me apunhalou a alma.

— Não me diz que não sabe. — Os lábios do meu primo se curvaram para baixo na mais perfeita expressão de repulsa.

Quanto mais eu confirmava o ululante, mais apelava para a farsa derrotada natimorta.

Nossos corpos já não estavam mais deitados no colchão. Nossos corpos reagiam ao ritmo repulsivo dos acontecimentos.

— Do que *cê tá* falando, cara? — Eu, patético e cretino.

Kim começou a chorar e virou a cara para a parede.

— De quem você tá falando, Kim? - Era nojenta a minha falsidade. Eu estava com tanto nojo de mim mesmo que quanto mais nojo sentia, de forma mais escrota agia, só para confirmar que eu era escroto e nojento mesmo, alimentando assim de maneira automática a minha escrotidão, como um escaravelho que rola bosta.

— Minha mãe, porra! — Gritou. Olhou para mim assombrosamente.

Eu segurei a mão dele.

— É claro que cheguei a pensar que ela tivesse desconfiado de algo e te forçado a viajar para te afastar de mim — eu finalmente concedi.

O alívio raiou nos olhos do meu primo. Que tortura era essa que eu estava impondo a ele? Será que eu era *mau*? Será que minha Sombra estava no comando e era maior do que eu imaginava?

— Ricardo... — Agora era o Kim que eu conhecia falando de novo, aquele mesmo tom de voz que eu ansiei voltar a ouvir. — Minha mãe descobriu de nós dois. Eu esqueci uma carta em cima da cama, uma carta pra você, e ela achou, e leu... — Kim alternava a direção dos olhos: ou para dentro dos meus, ou fugindo deles — Deu a maior merda, ela ameaçou contar pro meu pai. Ele não sabe até hoje, eu acho.

— Não, ele não sabe — eu disse.

Kim me olhou como quem pergunta "como você sabe", e eu completei:

— Sei que ele não sabe porque ele fala normal comigo. Tua mãe mudou o jeito dela de falar comigo. — Pausa. — Claro que eu liguei mil vezes e falei com ela mil vezes, querendo saber de você e do seu sumiço. Ela nunca me disse nada diretamente, mas agora as entrelinhas fazem sentido. Sempre parecia que ela estava dizendo algo nas entrelinhas.

— Pois é. Ela me obrigou a ir estudar no Japão, pra cortar o contato contigo.

Trocamos um olhar dolorido.

— E - ele continuou — não dá pra não me sentir responsável pela morte dela, que eu desejei tantas vezes.

O vermelho interno tomou conta de meu calor.

— Não se culpe, Kim, você...

Ele tirou a mão da minha.

— Não vem com essa. Eu sei o que me passou pela cabeça. Eu desejei que ela morresse. Desejei que minha mãe morresse, cara. Sério.

— Mas é compreensível...

— Não fala isso! — ele berrou. — Não fala isso. Não tem nada de compreensível em um filho desejando a morte da mãe! Isso é pecado!

Eu abri a boca para dizer algo, mas parei. Pecado? Aquele era o Kim que eu conhecia? Ou eu não conhecia o meu primo? Meu amante, tecnicamente falando?

— Pecado? — arrisquei, tateando.

Ele se levantou da cama. Eu me levantei também. Nus.

— Claro que é pecado! — Kim estava quase gritando, mas parecia que algo lhe puxava as amídalas para baixo.

Ele de um lado da cama, e eu do outro.

— O que a gente acabou de fazer é *pecado*, Kim? — eu perguntei, incrédulo. — Que porra é essa? Que papo é esse? De onde saiu isso?

A expressão no rosto dele por um momento foi como a de um aparelho de televisão hesitante entre captar ou não o sinal e transmitir a programação. Mas logo o rosto do meu primo voltou a transmitir a mesma expressão anterior, de desgoverno, descontrole rigoroso e bombas prestes a explodir.

— Nós somos dois hipócritas! A gente queria que ela morresse! E conseguimos! — ele urrou.

Um arrepio me percorreu da coroa aos cascões.

Ele não sabia até que ponto estava falando a verdade. Mas eu sabia. Era verdade. Tudo verdade. Verdade que eu queria ver aquela maldita fora de cena. Não era verdade que eu desejasse tanta dor e tortura, eu só queria apagá-la, como quando a gente grava em uma fita usada uma música bem alta e barulhenta sobre onde antes havia uma música bem baixa e silenciosa: sem deixar vestígios.

O problema eram os intervalos entre uma música e outra, eis quando a fita entregava o jogo e o jogo fitava o jogador do mesmo jeito que o abismo devolve o olhar àquele que o observa.

Meus pensamentos me naufragavam ativamente, e enquanto isso Kim foi até a cadeira à sua esquerda, onde havia largado a mochila e jogado as roupas. Meu cérebro, no piloto automático, interpretou o movimento como se ele fosse se vestir, tomado por extremado pudor cristão, e continuar seu sermão moralista contra o que eu achava que era amor, prazer e amizade. E Magick.

Mas Kim não tinha intenção de se vestir. Foi tudo muito rápido, aquele velho clichê, sim, outro. Fui todo muito lento e custei a perceber que ele estava enfiando a mão na mochila e tirando de dentro um revólver.

Uma porra de um revólver.

E vamos de absurdo que a oferta é farta:

— A gente tem que morrer também — disse Kim. — Já que ela morreu por nossa causa. FOI A GENTE QUE MATOU ELA!

Não tive medo de morrer. Não tive medo de levar tiro. Fui para perto dele com passos cuidadosos mas livres. Fui tomado por uma sensação cafona de *destino.*

De novo, não posso fugir ao *slogan*, foi tudo muito rápido, em poucos minutos o corpo nu do meu primo, aquele corpo que pouco antes estava vivo e gozando junto do meu, era agora como uma pintura cubista de Picasso, uma imagem de tragédia e destruição e sombra.

Kim não teve coragem de cumprir o *nós* e seguiu solo em sua empreitada.

*****

A visão dos guardas que arrombaram a porta do quarto de hotel vagabundo foi realmente especial: dois jovens primos nus, um morto e com uma arma caída no chão, e o outro abraçado ao cadáver. Infelizmente não foram feitas fotos desta cena, ninguém tinha uma câmera à mão.

*****

As paredes azuis descascadas da delegacia me fizeram pensar sobre quantas gotas de sangue teriam criado o coágulo na minha alma.

O delegado mal conseguia disfarçar seu meio-sorriso cínico.

Os flashes das câmeras eram o brilho da estrelas abismais, faiscando com o doce veneno do verme do inferno.

Sozinho na cela, a visão de minha mãe como Maria para Jesus. Será que essas ondas erradas também faziam parte do pacote "magick-que--deu-errado"?

Minha mãe era também Lilith, estranhamente. Ela apenas disse:

— Ô, meu filho, o que foi isso?

E ela repetiu:

— O que foi isso? O que foi isso?

E ela repetia:

— O que foi isso?

Mas as palavras não me compareceram, deixaram minha língua seca como o sertão.

*****

O advogado que meus pais me arrumaram era um magrelo de meia-idade cujos olhos verdes-sujos transmitiam malícia suficiente para lidar com os corvos da lei. A polícia não descartava a possibilidade de assassinato, e foi bastante enfatizada a cena vista pelos guardas ao adentrar o quarto após a recepcionista do hotel chamar a polícia ao ouvir o tiro disparado por Kim. Faltava a perícia estudar o tiro e seu trajeto.

— Você pode ser sincero comigo — disse Jesuíno, o advogado.

Sim, era *Jesuíno* o nome do advogado. Ficava cada vez mais claro por que me parecia que a punição para o mau mago era ser ridicularizado por símbolos cristãos.

— Ricardo, eu sei que você está em estado de choque — disse Jesuíno, com macio profissionalismo. Ele tinha a voz grossa e aveludada; descombinava com as grades de sua caveira. — Mas você precisa cooperar. Diz pra mim, você atirou no seu primo?

Fiz que não com a cabeça.

— Ok. Bem, imagino que você saiba que terá sua vida vasculhada e investigada. O caso está na imprensa, a coisa está pegando fogo. — Não pode ter sido mera impressão minha o brilho de sede de fama que percebi no olhar de Jesuíno. Havia um quase prazer de expectativa e esperança naquele brilho tão luzidio quanto acanhado em seu descaramento e seu profissionalismo. — Você está em uma situação delicada, teremos de provar que seu primo cometeu suicídio nu em um quarto de hotel para encontros, com você ao lado, também nu, pelado.

Será que ele estava de pau duro ao dizer isso com tanta ênfase e rítmica repetição? O pensamento me desagradou, pois me dei conta que não queria, de forma alguma, saber como era o pau do Jesuíno.

— Portanto, quero lhe fazer outra pergunta simples.

— Sim? — respondi, acordando de meu indesejável devaneio. Eu nunca respondia a ninguém assim, com "sim?", desse jeito. Acho que foi a partir daí que percebi que eu não era mais eu mesmo e que só me restava me acostumar com meu novo eu, este desconhecido. Que reações me aguardavam ao dobrar da esquina do ego esfacelado?

— Você e seu primo...

Eu não permiti que ele completasse a frase. Sentia-me subitamente magnânimo e resolvi poupar-lhe o constrangimento.

— Sim. Nós tínhamos um caso, de certa forma. Por assim dizer.

— Ok. Que bom que você está tornando as coisas mais fáceis, Ricardo.

— O prazer é todo meu — Sorri pela primeira vez desde o acontecido. Fiquei feliz de ver que meu humor sombrio ainda dizia "presente".

Jesuíno não fez cara de quem achou graça nenhuma.

— Porque ele atirou em si mesmo? Vocês discutiram ou algo assim?

— Senhor Jesuíno — eu disse quase de forma professoral. — O senhor sabe o que aconteceu com a mãe dele, não?

— Sei.

A partir daí foi como se minha boca falasse à parte de mim mesmo, como se a conexão entre meu cérebro e meu aparelho fonador não dependesse de mim e tivesse dispensado o resto de mim como um estorvo. Assim, a informação se transforma em palavras pronunciadas sem filtro.

Suspirei. O mínimo que eu merecia era o direito de dar um suspiro.

— Eu diria que ele tinha... uma relação muito complicada com sua falecida mãe. E isso, misturado com a dificuldade em relação à própria homossexualidade, ou bissexualidade, que eu ajudei a despertar, acabou derretendo o cérebro dele, se é que o senhor me entende. — Tentei amenizar e sublinhar a densidade do que dizia. Mas eu mesmo não sabia mais o que queria.

Quer dizer, sabia, sim. Sabia que queria um cigarro. Peguei meu maço da mochila, tirei um e acendi com o isqueiro que já estava dentro do maço pela metade.

— Quer dizer que ele simplesmente levantou e atirou? — Jesuíno precisava perguntar aquilo, eu estava ciente, mas me irritou assim mesmo.

— Mais ou menos isso. Só que antes ele ameaçou atirar em mim também — respondi contra a vontade.

Jesuíno coçou o queixo. Pensava que disfarçava seus pensamentos de "que horror", mas não.

9. O céu azul

Foi um bom — ainda que inesperado — dia para morrer. Não há tanto a dizer neste capítulo, exceto no que tange às condições e situação da minha morte, limitando-se às informações, pois minha mente agora é puro vapor e apenas o momento exato da colisão permanece em minha nevoenta mente.

Foi menos de três meses depois da morte do Kim — sim, tempo-limite para um aborto ético. Hora de abortar a morte do meu primo-amor. Hora de abortar minha vida infernal. Tudo parou. A mídia, a tecnologia, a informação, os fotógrafos — os malditos fotógrafos!

Eu não podia voltar para Nova York. Martina e eu havíamos esfriado, seguindo o roteiro à risca. Eu não podia sair do país, estava impedido, era suspeito de assassinato. Mas não tinha lugar possível para eu existir. Escola? Só rindo, né? Já era difícil para a minha ex-escola continuar o ano letivo normalmente eu estando ausente — apareceu no *Fantástico* uma de várias reportagens sobre a tragédia, e meus ex-colegas e ex-professores foram entrevistados chorando pitangas e pirocas de nojinho-classe-média pela minha pessoa. Sair na rua foi mais complicado no primeiro mês por causa do assédio — a fama. No segundo ainda não foi tão fácil, mas até que no terceiro, para minha surpresa, vi o interesse no meu caso começar a minguar. Mas sempre que me reconheciam, faziam questão de demonstrar seu nojo no olhar. Os olhos das pessoas me escarravam desprezo. Eu fingia que tudo bem e dizia para mim mesmo "eu nem queria".

Aliás, ainda bem que eu andava anestesiado, porque as surpresas estavam na ordem do dia. Meus pais, quem diria, dona Mizuki e seu Kioshi, me cercaram com uma proximidade inédita, inaudita. Tocante. Pela primeira vez me senti gerado, acolhido de verdade. Não só por eles, não posso deixar de mencionar o apoio incondicional que recebi do Pedro, meu amigo Pedro. Mas do Pedro eu já esperava isso mesmo. Dos meus pais, nunca tivera motivo para nutrir qualquer expectativa de compreensão ou intimidade, mas por alguma razão que eu não tive tempo de decifrar, ambos se mostraram protetores como muitos pais e mães deixariam de ser se o filho se envolvesse em uma encrenca pesada como eu me envolvi. Não me julgaram e nem fizeram perguntas, apenas recomendaram terapia.

Jesuíno foi hábil o bastante para me manter fora da cadeia — por enquanto. Havia agravantes. Minhas digitais estavam na arma, e eu tinha traços de pólvora nos dedos — recordo vagamente ter tirado a arma da mão morta do meu primo. Minha cara nunca inspirava muita simpatia nas pessoas mesmo, de modo que não havia motivos para esperar que juízes e jurados me deitassem olhares almofadados. Eu estava preparado para as agulhas e os punhais.

Hoje, em minha situação de coisa-nada faiscante, penso nesta morte como uma estratégica "saída pela esquerda", porque o rojão teria sido por demais estrondoso. A bem da verdade, eu saí foi à francesa, como sempre fiz quando enjoava do ambiente ou situação. Não tinha pena de morrer, mas tinha pena dos meus pais. Acho que perder o filho único deve ser foda.

O Aterro do Flamengo sempre me pareceu sinistro: a Baia de Guanabara fora sumariamente amputada para dar lugar àquela beleza monstruosa, aziago sinal de perspectivas cafifentas. Os homens não podem simplesmente cobrir o mar assim. Não podia dar certo.

Eu estava em um táxi, nem lembro o que estava fazendo, de onde estava vindo ou para onde estava indo. Esses detalhes fúteis se perdem no pós-após. Mas lembro de perceber que o motorista começou a ziguezaguear, devia estar bêbado — e estava, como seria confirmado. Meus pais o processaram com todo furor, mas não sei o resultado do processo. Não tenho como me manter informado sobre tudo e todos, ao contrário do que clama o imaginário popular.

Nada sério ocorreu com o motorista do táxi quando seu veículo deu um beijo grego violento no carro que seguia na frente, mas eu fui arremessado pela janela do táxi. Foi tão rápido que não consigo me lembrar da sensação de bater a cabeça, nada. Foi uma delícia.

Agrada-me sobremaneira saber também que a visão de meu corpo sem alma deitado no asfalto ardente não foi nenhum espetáculo de desconstrução. Não havia um ferimento visível e aberto a não ser debaixo do meu cabelo. Havia sangue correndo, um filete, nascendo como um rio nasce da terra, uma origem despercebida para um fluxo presente.

Lembro também de observar aquelas criaturinhas; eram um misto de morcegos e libélulas, uns brancos outros pretos, alguns transparentes. Eles vieram, alguns amáveis, outros violentos, uns inadvertidos, para sugar e beber da minha nascente escarlate. Eu os reconheci, tinham aquela estranheza que só se percebe naqueles que lhe são íntimos. Eram tantos, mas não pude definir seus rostos por causa do sol cortante no azul do céu carioca, as montanhas, as águas poluídas da Baía de Guanabara e a grama do parque e o asfalto e os guardas e os médicos e os populares, todos-tudo envolveram meu corpo inerte.

10.
O sonho-bolha

...como um miasma de encantamento-magnificência, incrível libertação da tristeza, mas nunca da angústia. em meu pensamento eu era muitos, mas nenhum no mundo. compreendi que tudo começava de novo e de novo, como um sonho-bolha bebendo minha essência composta do que disse fiz desejei amei. a lótus se desenvolvendo na lama, minhas pequenas asas de libélula nas costas. minhas crianças veterinárias não se tornando animaizinhos de estimação: todo o esperma que deixei aqui e ali em masturbações ocasionais de férias, nas quais não conduzi o foco e não reprocessei a substância — tudo aquilo era resultado antes de mais nada da minha despretensão; eu não estava no comando quando esses espermatozóides viraram éter. claro que isso não impedia o processo de ocorrer mesmo assim. o fogo não deixa de queimar a criança porque ela ignora suas propriedades, tanta gente já disse isso tantas vezes. daí que os serezinhos pareciam um híbrido de libélula e morcego, ainda que tivessem um surreal travo tão amargo e melancólico que era eu há algum tempo, nem tanto tempo atrás. talvez a batida na minha cabeça me tenha feito parar de pensar bosta, mas eu via o resultado das bostas ponderadas, as mais belas e pervertidas, as histéricas nem tanto.

não podia deixar de lembrar de Kim, não marcantemente, mas como um vento suave. como a respiração que a gente não sente mas faz o tempo todo. eu respirava NUIT, seu corpo tudo abarcando em absorvente amabilidade com gosto de fruta fresca, seu suco rolando da boca ao pescoço. o sol brilhando em todo seu calor em uma mão, e noutra a noite escura, de ar vagaroso com estrelas e lâmpadas (e as luzes da cidade). ambas nenhuma, mas uma, ou seja, não. pensava nele e via seu rosto sem tiro sorrindo, e aquilo que parecia ser seu corpo, tudo em terceira dimensão, como bolhas de aquário. NUIT disse com espasmos de névoa, sem gramática possível:

"uma Vontade é uma Vontade, filho"

; na bolha éramos como enlaçados olhando um ao outro, ondas fantásticas de emoção, iluminação e texturas musicais. como poderia não encontrá-lo se desde sua morte minha vida terrena fora rasgada? deixei de ser a criança impetuosa que buscava explorar o centro dos mundos e os silêncios elétricos. Deixei de ser o surfista de dicotomias ascendendo da confusão àquela mais extrema. *você está grávido, isto é feitiçaria*, eu já tinha escutado isso antes.

eu era este, e achava ser muitos.

a sub-perceptível textura era relaxante. um sorriso implícito e beijos de brilho e absorção de maravilhas e fodas de galáxias como tempestades nos pulmões das nuvens. Kim disse então "obrigado por responder meu chamado". é difícil explicar como ele disse isso: não usou a voz, mas a forma como ele sentia as coisas era instantaneamente transmitida à minha respiração, e assim eu estava pronto para usar o chapéu da compreensão — um chapéu com chifres, devo dizer, feito de vapor e delicadas gotas de chuva peroladas.

eu sabia do sofrimento dos meus pais, mas não conseguia sentir seu pesar, eu estava além do sofrer, a insegurança da vida material já não mais. certamente havia ainda a respiração etérea, que era regulada pela memória. contudo, a despeito da cessação dos arquivos de antes, a memória diluída, ainda podia respirar Martina eventualmente, sua pele de flocos ainda era o travesseiro da minha tranquilidade. não sei se ela sabia disso.

o bom disso tudo é que eu não tive de escolher uma profissão, não! meu maior pesadelo, escolher um ofício, havia se dissolvido pelo orifício da não-existência, quase considerei crer na divina providência...

o abismo. eu não era mais uma criança de abismo, mas vinda do abismo.

...eles lambiam, não era eu, eu os teria chutado pra caralho, como nadas...

então Jesus veio a mim, (um dos intervalos do sexo sobrenatural, sempre NUIT dando uma olhada mesmo quando de olhos vedados) e lançou:

"ei, você fez merda!"

, e eu me constringi, boquiaberto e de pescoço exposto. não compreendia tão súbita invasão de atmosfera, para não mencionar o grande tema de *quem* era o famoso e venerando invasor em questão. respirei "o quê?" e ele expirou que eu esqueci que ele era Osíris, e que eu deveria ter alinhado também esta parte de mim no submundo terreno. não ter feito isso causou sério desequilíbrio. o tal Jesus estava realmente irado pelo uso horrente do seu nome por parte de tantos todos credos predatórios durante séculos. seu lado humano odiava os estabelecedores de atrocidades, matadores com máscaras descaradas. sua pele de um bronze escuro refletindo pensamentos amedrontados de traidores e figuras resplandecentes de calor e perdão. seus olhos cativantes cheios de empatia e cuidado. sua aura como uma fonte de diamantes amarelos, adocicados frutos de águas caminhadas... ele entendeu e aceitou com legitimidade a minha angústia e a minha rejeição à religião, faca de manipulação.

então comecei a ver seus amigos o cercando, e aí percebi que ele era Jesus, mas não particularmente Cristo, menos ainda o Nazareno. Jesus Cristo era já uma entidade multifacetada no cosmos do infinito. os que a Jesus cercavam eram de uma grande uniformidade, as diferenças eram mínimas naquela homogeneidade de intenções e estilo. Jesus sorriu com lábios grossos pra mim, com ombros empoeirados, me abraçando em seu sobretudo de almas similares, através da areia árida do Gólgota. apavorou-me tanta similaridade, tanta semelhança, tanta harmonia, eu quis gritar para ver se alguma folha balançava nos galhos das árvores. eu o entendi, entendi Jesus naquele preciso e precioso momento, ele era outro universo de imaginação e pensamentos desejosos de mentes de todos os tipos, mas sua realidade era a de um homem de um tempo, uma essência local, independente das construções em seu nome. e assim também entendi, de lambuja, que o mesmo acontece com qualquer deidade projetada pela mente humana — pleonasmo, já que deidades são necessariamente interpretações da mente dos macacos pelados, eu não percebia antes, mas agora é claro como vinho para mim.

também Lúcifer veio, como um voo, e beijou Jesus no rosto, que por sua vez beijou-o nos cornos. eram como dia e noite, como sombra e contorno, polaridades opostas. Lúcifer, sedutoramente melancólico com olhos de piscina e pele temperada; seu bafo cheirava a aventura e ventos intensos, e a chamas calorosas de sabedoria. Lúcifer era quente, mas poderia ser glacial; Jesus era frio, mas podia ser aconchegante.

Lúcifer tinha asas de flamas e espírito inquieto, sempre me empurrando como um ciclone.

a bela imagem feminina transmitiu-me transmutações: a Virgem Maria não era o palhaço terrorista de meus sonhos, nem tinha a imagem de pudor e castidade, como os cristãos gostariam. ela era a imagem da Mãe, da Mãe Sempiterna, e era também Vênus, e Ísis, e Kali, e Maya... ela dissolveu o pesadelo de castração que me assombrava na adolescência e desvelou-se ao tomar-me em seus braços cálidos onde me tornei um bebê novamente, um bebê abrigado do abismo, chupando não meu dedo mas as estrelas, nenhum traço de ódio, só de luz e confiança...

...e Lúcifer era meu irmão, e Deus(a) era uma nuvem sem rosto na qual eu descansava a consciência, sem lágrimas, sem choro, ainda que sem sorrisos, apenas respiração e flutuação sem ação, sem peso...

...mas eu ainda não estava satisfeito. muitas coisas eu não decifrava. precisava respirar e tocar, sentir e discriminar.

Lúcifer então me envolveu com sua língua serpentífera de fogueiras. uma profunda captação que não poderia ser outra coisa senão infinito perdão me deliciou na música desaparecida das coisas indizíveis,

sim, na música desaparecida das coisas indizíveis...

Este livro foi impresso em papel pólen 90g/m², tipologia Gentium Book 10,8/16, no verão de 2018.